# UNA LARGA
# TRAVESÍA
# HASTA
# EL AGUA

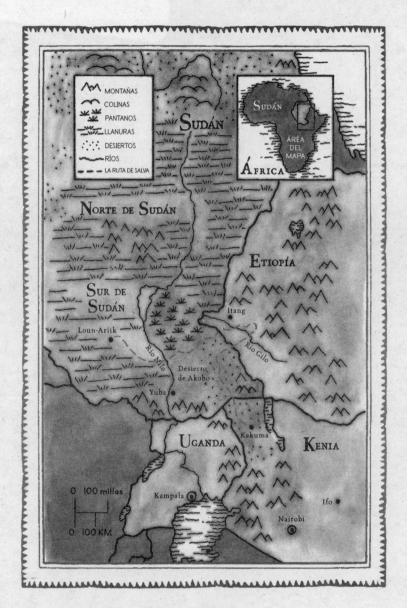

Mapa de Sudán, 1985

# UNA LARGA TRAVESÍA HASTA EL AGUA

*Una novela de*
LINDA SUE PARK

*Traducida del inglés por*
AURORA HUMARÁN

BASADA EN UNA HISTORIA REAL

CLARION BOOKS
AN IMPRINT OF HARPERCOLLINSPUBLISHERS
Boston   Nueva York

Clarion Books
195 Broadway
New York, NY 10007

Clarion Books
An Imprint of HarperCollins Publishers, registered in the United States
of America and / or other jurisdictions.

Clarion Books es un sello editorial de
HarperCollins Publishers

www.harpercollinschildrens.com

Para el texto se utilizó tipografía 11.5 Celestia Antiqua y 12 Le Havre Rounded Light.
Ilustración del mapa de Kayley LeFaiver

Catálogo Biblioteca del Congreso. Fecha de publicación
Park, Linda Sue.
A *long walk to water* (*Una larga travesía hasta el agua*)
basada en una historia real / escrita por Linda Sue Park.
p. cm.
Resumen: Cuando la guerra civil sudanesa llega a su aldea en 1985,
Salva, de once años, se ve separado de su familia y debe cruzar el sur de
Sudán, Etiopía y Kenia, junto a otros miembros de la tribu dinka, en busca
de un refugio seguro. Novela basada en la vida de Salva Dut quien, luego de
emigrar a Estados Unidos en 1996, comenzó un proyecto para construir
pozos de agua en Sudán.
1. Dut, Salva, 1974?—Ficción juvenil. [1. Dut, Salva, 1974?—Ficción juvenil.
2. Refugiados—Ficción. 3. Supervivencia—Ficción. 4. Agua—Ficción. 5. Negros—
Sudán—Ficción. 6. Sudán—Historia—Guerra Civil, 1983–2005—Ficción.] I. Título.
PZ7.P22115Lo 2009
[Fic]—dc22
2009048857

ISBN: 978-0-547-25127-1 tapa dura
ISBN: 978-0-547-57731-9 tapa blanda
ISBN: 978-0-358-26510-8 tapa dura en español
ISBN: 978-0-358-34489-6 tapa blanda en español

Fabricado en los Estados Unidos de América

10 9 8 7 6

A Ben, nuevamente

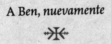

# UNA LARGA TRAVESÍA HASTA EL AGUA

# CAPÍTULO UNO

## *Sur de Sudán, 2008*

Ir era fácil.

Cuando iba, el gran recipiente de plástico contenía solamente aire. Alta para sus once años, Nya podía cambiar el asa de una mano a la otra, balancear el recipiente a un costado o sostenerlo con ambos brazos. Incluso podía arrastrarlo, golpeándolo contra el suelo y levantando una pequeña nube de polvo con cada paso.

Cuando iba, el recipiente era liviano. Hacía calor, el sol comenzaba a achicharrar el aire, aunque todavía faltaba mucho para el mediodía. Si no se detenía en el camino, le llevaría media mañana.

Calor. Tiempo. Espinas.

## *Sur de Sudán, 1985*

Salva estaba sentado en el banco con las piernas cruzadas. Tenía la mirada hacia el frente, las manos juntas, la espalda bien recta. Prestaba atención al maestro con todo su cuerpo. Con todo... excepto con los ojos y el pensamiento.

Sus ojos no dejaban de mirar hacia la ventana, a través de la cual podía ver el camino. El camino a su casa. Solo faltaba un poquito más, unos pocos minutos más y estaría allí, caminando hacia su casa.

El maestro hablaba monótonamente sobre el idioma árabe. En casa, Salva hablaba el idioma de su tribu dinka, pero en la escuela aprendía árabe, el idioma oficial del gobierno sudanés, que estaba lejos, hacia el norte. Salva, con sus once años, era un buen alumno. Ya sabía la lección, y por eso dejaba que sus pensamientos pasearan por el camino antes que su cuerpo.

Salva sabía muy bien que era afortunado de poder asistir a la escuela. No podía asistir todo el año porque durante la sequía su familia se iba de la aldea, pero durante la temporada de lluvias, podía ir caminando a la escuela, que estaba solo a media hora de su casa.

El padre de Salva era un hombre exitoso. Era dueño de muchas cabezas de ganado y trabajaba como juez de la aldea, una posición respetada y honorable. Salva tenía tres hermanos y dos hermanas. Cuando los varones tenían unos diez años, eran enviados a la escuela. Los hermanos mayores de Salva, Ariik y Ring, habían ido a la escuela antes que él; el año pasado, le había llegado el turno a Salva. Sus dos hermanas, Akit y Agnath, no iban a la escuela. Como las otras niñas de la aldea, se quedaban en la casa y aprendían de la madre cómo ocuparse de los quehaceres.

La mayor parte del tiempo, Salva estaba contento porque podía ir a la escuela, pero a veces deseaba estar otra vez en casa, arreando el ganado.

Él y sus hermanos, junto con los hijos de las otras esposas de su padre, caminaban con los animales hasta los pozos de agua, donde había buenos pastos. Sus responsabilidades dependían de sus edades. Kuol, el hermano más pequeño de Salva, se ocupaba solamente de una vaca; al igual que habían hecho antes sus hermanos, cada año tendría a su cargo más vacas. Antes de comenzar la escuela, Salva había ayudado a cuidar a todo el ganado, y también a su hermano menor.

Los niños debían vigilar las vacas, pero las vacas, en realidad, no necesitaban demasiado cuidado. Eso les dejaba mucho tiempo para jugar.

Salva y los demás niños hacían vacas de barro. Cuantas más vacas hacías, más rico eras. Pero debían ser animales bonitos, saludables. Llevaba tiempo lograr que una masa de barro se convirtiera en una buena vaca. Los niños competían entre sí para ver quién hacía más y mejores vacas.

Otras veces, practicaban con sus arcos y flechas, cazando pequeños animales o pájaros. Todavía no eran muy buenos con eso, pero cada tanto tenían suerte.

Esos eran los mejores días. Cuando uno lograba matar una ardilla o un conejo, una gallina de Guinea o un urogallo, se suspendía ese juego infantil que carecía de un objetivo específico. De repente, había mucho trabajo por hacer.

Algunos juntaban madera para preparar el fuego. Otros ayudaban a limpiar y a preparar al animal. Luego lo asaban sobre el fuego.

Nada de esto se hacía sin provocar bullicio. Salva tenía su propia opinión sobre cómo preparar el fuego y cuánto tiempo se debe cocinar la carne; los otros, también.

"El fuego debe ser más grande".

"No durará lo suficiente. Necesitamos más madera".

"No. Ya es lo suficientemente grande".

"Rápido, ¡gíralo antes de que se arruine!".

El jugo de la carne goteaba y chisporroteaba. Un aroma delicioso llenaba el aire.

Al final, ya no podían esperar ni un segundo más.

Solo alcanzaba para que cada niño comiera unos pocos bocados, pero ¡qué deliciosos eran esos bocados!

Salva tragó y volvió la mirada hacia su maestro. Deseaba no haber recordado esos momentos porque los recuerdos le provocaron hambre... Leche. Cuando llegara a casa, tomaría un bol de leche fresca, que mantendría su barriga llena hasta la cena.

Podía imaginar cada detalle de lo que ocurriría. Su madre suspendería su tarea de moler la comida e iría al otro lado de la casa, la que mira hacia el camino. Con la mano, se protegería los ojos del sol para lograr ver a Salva. Desde lejos, él vería su brillante pañoleta naranja, y la saludaría levantando el brazo. Cuando llegara a la casa, ella ya tendría listo su bol de leche.

¡BANG!

El ruido había llegado desde afuera. ¿Era un disparo? ¿O tan solo un automóvil que petardeaba?

El maestro dejó de hablar durante un momento. Todas las cabezas miraron hacia la ventana.

Nada. Silencio.

El maestro aclaró su garganta. Eso atrajo la atención de los niños hacia el frente de la clase. Continuó la lección desde donde la había dejado. Entonces...

¡BANG! ¡PAM–PAM–BANG!

¡PUM-PUM-PUM-PUM-PUM-PUM!

¡Disparos!

"Todos, ¡ABAJO!", gritó el maestro.

Algunos niños se movieron de inmediato, bajaron las cabezas y se agacharon. Otros se quedaron sentados paralizados, con las bocas y los ojos abiertos. Salva se cubrió la cabeza con las manos y miró de un lado al otro con pánico.

Manteniéndose pegado a la pared, el maestro fue hasta la ventana. Miró rápidamente hacia afuera. Los disparos habían cesado, pero ahora había gente que gritaba y corría.

"Salgan rápido, todos", dijo el maestro en voz baja, insistente. "Al monte. ¿Me escuchan? A sus casas, no. No vayan a sus casas. Ellos irán a las aldeas. Aléjense de las aldeas. Corran hacia el monte".

Fue hasta la puerta y miró nuevamente hacia afuera.

"¡Salgan! ¡Todos! ¡Ya!".


La guerra había comenzado hacía dos años. Salva no entendía mucho, pero sabía que rebeldes de zonas del sur de Sudán, donde vivían él y su familia, estaban luchando contra el gobierno, que tenía base en el norte. La mayoría de los que vivían en el norte eran musulmanes, y el gobierno quería que todo Sudán se convirtiera en un país musulmán, un lugar en el que se siguieran las creencias del islam.

Pero los pueblos del sur eran de diferentes religiones y no querían ser forzados a practicar el islam. Comenzaron a luchar para independizarse del norte. La lucha se había extendido por todo el sur de Sudán, y ahora la guerra había llegado al lugar en donde vivía Salva.

Los niños se pusieron de pie con rapidez, como pudieron. Algunos lloraban. El maestro apuraba a los alumnos para que salieran por la puerta.

Salva estaba casi al final de la fila. El palpitar de su corazón era tan fuerte que el pulso le latía en la garganta y en los oídos. Quería gritar: "¡Necesito ir a casa! ¡Debo ir a casa!", pero las palabras estaban bloqueadas por la tremenda punzada que sentía en la garganta.

Cuando llegó a la puerta, miró hacia afuera. Todos corrían: hombres, niños, mujeres con bebés en brazos. El aire estaba lleno del polvo que levantaban los pies de quienes corrían. Algunos hombres gritaban y agitaban sus armas.

De un vistazo, Salva advirtió todo.

Luego, empezó a correr también. Corrió tan fuerte como podía, hacia el monte.

Lejos de su hogar.

# CAPÍTULO DOS

## Sur de Sudán, 2008

Nya bajó el recipiente y se sentó en el suelo. Siempre trataba de no pisar las plantas puntiagudas que crecían a lo largo del camino, pero sus espinas estaban por todos lados.

Se miró la planta del pie. Ahí estaba, una espina grande que se había partido justo en el medio de su talón. Nya apretó la piel que rodeaba a la espina. Luego tomó otra espina y la usó para empujar y sacar la espina clavada. Oprimió los labios con dolor.

## Sur de Sudán, 1985

¡BUUUM!

Salva se dio vuelta y miró. Detrás de él se levantó una enorme nube negra de humo, de cuya base salían llamas. En lo alto, un avión pasó virando como un brillante y agorero pájaro.

Debido al humo y al polvo, ya no podía ver el edificio

de la escuela. Tropezó y casi cae. Decidió no volver a mirar hacia atrás; eso lo demoraba.

Salva bajó la cabeza y corrió.

Corrió hasta que no pudo correr más. Luego caminó. Durante horas, hasta que el sol casi había desaparecido del cielo.

Otras personas también caminaban. Eran tantas que no era posible que fueran todas de la escuela de la aldea. Probablemente, venían de otros lugares.

Mientras Salva caminaba, los mismos pensamientos pasaban por su cabeza al ritmo de sus pasos. *¿A dónde vamos? ¿Dónde está mi familia? ¿Cuándo los volveré a ver?*

Dejaron de caminar cuando ya era demasiado oscuro como para ver el camino. Primero, todos daban vueltas, con incertidumbre, murmurando tensos, o en silencio y con miedo.

Luego algunos hombres se reunieron y hablaron. Uno de ellos dijo: "Aldeas. Agrúpense por aldeas. Van a encontrar a alguien conocido".

Salva dio unas vueltas hasta que escuchó las palabras "¡Loun-Ariik! Aldea Loun-Ariik, ¡aquí!".

Sintió un gran alivio. ¡Era su aldea! Se dirigió hacia esa voz con rapidez.

Unas diez personas estaban paradas en un grupo al costado del camino. Salva examinó sus rostros. No había nadie de su familia. Reconoció a unos pocos: una mujer con un bebé, dos hombres, una adolescente, pero a ninguno que conociera bien. De todos modos, era reconfortante verlos.

Pasaron la noche ahí mismo, al costado del camino; los hombres hacían turnos para vigilar. A la mañana siguiente, retomaron la marcha. Salva se quedó en medio del grupo junto a los demás aldeanos de Loun-Ariik.

A la tarde, más adelante, vio un grupo grande de soldados.

El mensaje corrió entre el grupo: "Son los rebeldes". Los rebeldes, los que estaban luchando contra el gobierno.

Salva pasó al lado de varios soldados rebeldes que esperaban al costado del camino. Cada uno sostenía un arma grande. Si bien sus armas no apuntaban a la gente, los soldados se veían temibles y atentos. Algunos rebeldes se sumaron al final de la fila; los aldeanos estaban ahora rodeados.

*¿Qué nos van a hacer? ¿Dónde está mi familia?*

Al final del día, los aldeanos llegaron al campamento de los rebeldes. Los soldados ordenaron que se separaran en dos grupos: los hombres en un grupo; las mujeres y los niños y los ancianos en el otro. Según parecía, a los adolescentes varones se los consideraba hombres. Niños que parecían tener apenas unos años más que Salva se unían al grupo de hombres.

Salva dudó por un momento. Solo tenía once años, pero era el hijo de una familia importante. Era Salva Mawien Dut Ariik, de la aldea que llevaba el nombre de su abuelo. Su padre siempre le decía que actuara como un hombre, que siguiera el ejemplo de sus hermanos mayores y que, en su momento, fuera un buen ejemplo para Kuol.

Salva dio unos pasos hacia los hombres.

"¡Ey!".

Un soldado se acercó a Salva y levantó el arma.

Salva se quedó paralizado. Solo podía ver el enorme cañón del fusil, negro y brillante, que se acercaba a su cara.

El extremo del cañón tocó su barbilla.

Salva sintió que sus rodillas se aflojaban. Cerró los ojos.

*Si muero ahora, jamás volveré a ver a mi familia.*

De alguna manera, este pensamiento le dio fuerzas para evitar desplomarse por el terror.

Inspiró profundamente y abrió los ojos.

El soldado sostenía el arma solamente con una mano.

No estaba *apuntando*. La usaba para levantar la barbilla de Salva para poder mirar mejor su rostro.

"Allí", dijo el soldado. Movió el fusil y señaló hacia el grupo de mujeres y niños.

"Todavía no eres un hombre. ¡No te apresures!". Rio y palmeó a Salva en el hombro.

Salva fue rápidamente al lado de las mujeres.

A la mañana siguiente, los rebeldes abandonaron el campamento. A los aldeanos, se los obligó a cargar provisiones: fusiles y morteros, proyectiles, equipos de radio. Salva vio a un hombre protestar porque no quería ir con los rebeldes. Un soldado lo golpeó en el rostro con la culata del fusil. El hombre cayó al suelo, sangrando.

Luego de eso, nadie volvió a objetar. Los hombres se pusieron el pesado equipo sobre los hombros y abandonaron el campamento.

Todos los demás retomaron la marcha. Fueron en dirección opuesta a los rebeldes, porque dondequiera que fueran los rebeldes, seguramente habría luchas.

Salva se quedó con el grupo de Loun-Ariik. Sin los hombres, el grupo ahora era más pequeño. A excepción del bebé, Salva era el único niño.

Esa noche encontraron un granero donde pasar la

noche. Salva se movía inquieto; el heno le producía comezón.

*¿A dónde vamos? ¿Dónde está mi familia? ¿Cuándo los volveré a ver?*

Le llevó mucho tiempo conciliar el sueño.


Incluso antes de estar totalmente despierto, Salva podía sentir que algo no estaba bien. Permaneció acostado con los ojos cerrados, tratando de comprender qué podría ser.

Finalmente, se incorporó y abrió los ojos.

No había nadie en el granero.

Salva se paró tan rápido que sintió un leve mareo. Corrió hacia la puerta y miró hacia afuera.

Nadie. Nada.

Lo habían abandonado.

Estaba solo.

# CAPÍTULO TRES

## Sur de Sudán, 2008

La mancha borrosa en el horizonte adquirió color cuando Nya se acercó, el gris difuso cambiando a verde oliva. El polvo bajo sus pies se convirtió en lodo, luego en fango, hasta que finalmente el agua le llegaba a los tobillos.

Siempre había mucha vida alrededor del estanque: otras personas, en especial mujeres y niñas que venían a cargar sus recipientes; aves de muchas clases que aleteaban, piaban y graznaban; ganado que los jóvenes cuidadores traían porque allí había buenos pastos.

Nya tomó la calabaza hueca que estaba atada al asa del contenedor plástico. La soltó, se sirvió la turbia agua marrón y bebió. Necesitó dos calabazas llenas para refrescarse un poco.

Nya llenó el recipiente hasta arriba. Luego ató nuevamente la calabaza y sacó el aro de tela acolchado de su bolsillo. Puso el aro sobre la cabeza y sobre este el pesado recipiente de agua que mantendría en su lugar con una mano.

Con el agua en equilibrio sobre la cabeza y los pies todavía doloridos por la espina, Nya sabía que volver a casa tomaría más tiempo del que le había llevado venir. Si todo iba bien, podría llegar a casa al mediodía.

Sur de Sudán, 1985

☙☙

Los ojos de Salva estaban llenos de lágrimas. ¿A dónde se habían ido todos? ¿Por qué se habían ido sin despertarlo?

Sabía la respuesta: porque era un niño... que podría cansarse con facilidad y demorarlos, y quejarse de hambre y causar problemas.

*Yo no hubiera sido una molestia. ¡No me hubiera quejado!... ¿Qué haré ahora?*

Salva dio unos pasos para mirar mejor. En el lejano horizonte, el cielo estaba borroso por el humo de las bombas. Unos cien pasos más adelante, podía ver un pequeño estanque. Entre el estanque y el granero, había una casa y, sí, había una mujer sentada al sol.

Contuvo el aliento y se acercó, lentamente, hasta que pudo ver su cara con claridad. Los dibujos de las marcas rituales de la frente eran familiares. Eran dibujos de los dinka; ella era de la misma tribu que Salva.

Salva respiró aliviado. Se alegró de que ella no fuera

una nuer. Los nuer y los dinka llevaban años y años de conflictos. Al parecer, nadie sabía bien dónde terminaba la tierra nuer y dónde comenzaba la dinka. Cada tribu reclamaba las zonas más ricas en agua. A lo largo de los años, hubo muchas batallas, grandes y pequeñas, entre los dinka y los nuer. Muchas personas fueron asesinadas en ambas tribus. Pero no era lo mismo que esta guerra entre los rebeldes y el gobierno. Los dinka y los nuer luchaban unos contra otros desde hacía cientos de años.

La mujer levantó la mirada y lo vio. Salva se estremeció ante su mirada. ¿Sería amable con un desconocido? ¿Se enojaría con él porque había pasado la noche en su granero?

Al menos, ahora no estaba solo, y esa certeza era más fuerte que la incertidumbre: ¿qué haría la mujer o qué le diría? Caminó hacia ella. "Buenos días, tía"[1], dijo, con voz temblorosa.

Ella lo saludó con la cabeza. Era anciana, mucho mayor que la madre de Salva.

Él guardó silencio y esperó a que ella hablara.

"Seguramente tienes hambre", dijo ella finalmente. Se

---

[1] N. de la T.: en algunos países africanos, existe la costumbre de llamar "tía" o "madre" al dirigirse a una mujer desconocida.

levantó y entró en la casa. Al poco tiempo, salió y le dio dos puñados de cacahuates crudos. Se volvió a sentar.

"Gracias, tía". Sentado en cuclillas al lado de ella, Salva abrió los cacahuates y los comió. Masticó cada cacahuate hasta convertirlos en una pasta antes de tragarlos, tratando de que cada uno durara todo lo posible.

La mujer permaneció sentada sin hablar hasta que él terminó de comer. Luego le preguntó: "¿Dónde está tu gente?".

Salva abrió la boca para hablar, pero sus ojos se llenaron de lágrimas otra vez y no pudo responder.

Ella frunció el ceño. "¿Eres huérfano?".

Él sacudió la cabeza. Por un momento, casi sintió enojo. ¡No era huérfano! Tenía un padre, una madre, ¡tenía una familia!

"Estaba en la escuela. Escapé corriendo de los enfrentamientos. No sé dónde está mi familia".

Ella asintió con la cabeza. "Qué horrible es esta guerra. ¿Qué vas a hacer?, ¿cómo vas a encontrarlos?".

Salva no tenía respuesta. Él esperaba que la mujer pudiera tener respuestas para él; después de todo, ella era una persona adulta, pero ella solo tenía preguntas.

El mundo estaba al revés.

\* \* \*

Esa noche, Salva se quedó de nuevo en el granero de la mujer. Comenzó a preparar un plan. *Quizás pueda quedarme aquí hasta que acaben los enfrentamientos. Luego regresaré a mi aldea y a mi familia.*

Salva trabajó mucho para que ella no lo echara. Durante tres días, recogió leña del monte y agua del estanque. El estanque se estaba secando; cada día era más difícil llenar las calabazas.

Durante el día, Salva podía escuchar los distantes bombardeos de artillería de los enfrentamientos, a unos pocos kilómetros. Cada vez que detonaba un proyectil, él pensaba en su familia, esperando que estuvieran a salvo, preguntándose con desesperación cuándo volvería a estar con ellos.

Al cuarto día, la anciana le dijo que se iba.

"Como has visto, el estanque es ahora solo un charco. Se acercan el invierno y la estación de sequía. Y estos enfrentamientos...". Movió la cabeza en dirección al ruido. "Iré a otra aldea cerca del agua. Ya no te puedes quedar conmigo".

Salva la miró mientras crecía el pánico en su interior. *¿Por qué no puedo ir con ella?*

La mujer volvió a hablar antes de que él pudiera preguntar. "Los soldados no me molestarán si voy sola, una anciana, sola. Sería más peligroso para mí si viajara contigo".

Le habló con compasión. "Lamento no poder ayudarte más", dijo. "A dondequiera que vayas, asegúrate de mantenerte lejos de los enfrentamientos".

Tambaleando, Salva regresó al granero. *¿Qué haré?, ¿a dónde iré?* Las palabras se repetían miles de veces en su cabeza. Todo era tan extraño. Había conocido a la anciana solo hacia unos pocos días, pero no podía imaginar qué haría cuando ella se fuera.

Se sentó en el granero con la mirada fija. Fija en la nada. Cuando se hizo más oscuro, comenzaron los ruidos de la noche: el zumbido de los insectos, el ruido de las hojas secas, y otro sonido... ¿voces?

Salva giró la cabeza hacia el sonido. Sí, eran voces. Un grupo de personas caminaba hacia la casa; un pequeño grupo, menos de diez personas. Mientras se acercaban, Salva inspiró profundamente.

En la luz débil, podía ver los rostros de los que estaban más cerca. Dos de los hombres tenían cicatrices en forma de *v* en la frente. Otra vez dibujos dinka, como los que se hacen a los niños en la aldea de Salva como parte del ritual de iniciación.

¡Estas personas también eran dinka! ¿Estaría su familia con ellos?

# CAPÍTULO CUATRO

La madre de Nya tomó el recipiente plástico que llevaba Nya y vació el agua en tres jarras grandes. Le dio a Nya un bol de sorgo hervido y agregó un poco de leche.

Nya se sentó afuera, en la sombra de la casa, y empezó a comer.

Cuando terminó, llevó el bol adentro. Su madre estaba alimentando al bebé, el pequeño hermano de Nya. "Lleva a Akeer contigo", dijo su madre señalando con la cabeza hacia la hermana de Nya.

Nya miró a su hermana menor, pero no dijo lo que estaba pensando. Akeer, de tan solo cinco años, era muy pequeña y caminaba muy despacio.

"Tiene que aprender", dijo la madre.

Nya asintió. Recogió el recipiente plástico y tomó a Akeer de la mano.

Había estado en la casa solo lo suficiente como para comer. Ahora Nya haría su segundo viaje al estanque. Ida y vuelta, ida y vuelta, casi un día entero caminando. Esta era la rutina diaria de Nya siete meses al año.

Cada día. Todos los días de su vida.

*Sur de Sudán*, 1985

❧

Salva contuvo el aliento mientras examinaba sus rostros, uno por uno. Soltó el aire, y con él parecieron irse todas sus esperanzas.

Extraños. Nadie de su familia.

La anciana apareció desde atrás de Salva y saludó al grupo. "¿A dónde van?", preguntó.

Algunos intercambiaron miradas incómodas. No hubo respuesta.

La mujer puso la mano sobre el hombro de Salva. "Está solo. ¿Pueden llevarlo con ustedes?".

Salva vio la duda en los rostros. Varios hombres que encabezaban el grupo comenzaron a hablar entre sí.

"Es un niño. Demorará nuestra marcha".

"¿Otra boca para alimentar? Ya es bastante difícil encontrar alimento".

"Es demasiado pequeño para trabajar. No será útil".

Salva bajó la cabeza. Lo abandonarían nuevamente, igual que los otros...

Entonces, una mujer del grupo tocó el brazo de uno de los hombres. Ella no dijo nada. Miró primero al hombre y luego a Salva.

El hombre asintió y se dirigió al grupo. "Lo llevaremos con nosotros", dijo.

Salva levantó la vista con rapidez. Unos miembros del grupo sacudieron la cabeza y protestaron.

El hombre se encogió de hombros. "Es un dinka", dijo, y comenzó a caminar nuevamente.


La anciana dio a Salva una bolsa de cacahuates y una calabaza para beber agua. Él le agradeció y se despidió. Luego se unió al grupo, decidido a no retrasarse, no quejarse ni ser un problema para nadie. Ni siquiera preguntó a dónde iban por miedo a que la pregunta no fuera bien recibida.

Solo sabía que eran dinkas y que estaban tratando de mantenerse lejos de la guerra. Con eso debía contentarse.

Los días se convirtieron en una marcha interminable. Los pies de Salva iban al ritmo de sus pensamientos. Las mismas palabras, una y otra vez: *¿Dónde está mi familia?, ¿dónde está mi familia?*

Cada día se despertaba y caminaba con el grupo, descansaba al mediodía, y luego retomaba la marcha, hasta que oscurecía. Dormían en el suelo. El terreno cambió de matorrales a bosques; caminaban entre hileras de árboles raquíticos. Había poca comida: algunas frutas, siempre verdes o arruinadas por los gusanos. Al finalizar el tercer día, los cacahuates de Salva se habían terminado.

Luego de una semana, se les unieron otras personas, otro grupo de dinkas y varios miembros de una tribu llamada los jur chol. Hombres y mujeres, niños y niñas, ancianos y jóvenes, caminaban, caminaban...

Caminaban hacia ninguna parte.

Salva nunca había tenido tanta hambre. Caminaba a los tropezones, poniendo un pie delante del otro, sin prestar atención al piso sobre el que caminaba, al bosque que lo rodeaba o a la luz del cielo. Nada era real excepto el hambre, primero un hueco en el estómago, pero ahora un dolor profundo y punzante en todo el cuerpo.

Por lo general, caminaba entre los dinka, pero hoy, arrastrándose aturdido, se había retrasado un poco. A su lado, caminaba un joven jur chol. Salva no sabía mucho sobre él, excepto que su nombre era Buksa.

Al caminar, Buksa aminoraba la marcha. Salva se preguntaba si no debían tratar de ir más rápido.

En ese momento, Buksa se detuvo. Salva se detuvo también, pero estaba muy débil y hambriento como para preguntar por qué estaban quietos.

Buksa ladeó la cabeza y frunció el ceño. Escuchaba. Permanecieron inmóviles durante un rato. Salva podía oír el ruido del resto del grupo, que iba adelante, algunas voces débiles, pájaros que llamaban desde algún lugar entre los árboles...

Escuchó con atención. ¿Qué era? ¿Aviones de reacción? ¿Bombas? ¿Se acercaban los disparos en lugar de alejarse? El miedo de Salva comenzó a aumentar hasta que fue más fuerte que su hambre. Y entonces...

"Ah". Una sonrisa inundó lentamente el rostro de Buksa. "Allí. ¿Lo oyes?".

Salva frunció el ceño y sacudió la cabeza.

"Sí, ahí está otra vez. ¡Vamos!". Buksa comenzó a caminar con rapidez. Salva luchaba por mantener el ritmo. Dos veces, Buksa se detuvo para escuchar, luego siguió caminando más rápido.

"Qué..." Salva comenzó a preguntar.

Buksa se detuvo abruptamente frente a un árbol muy grande. "¡Sí!", dijo. "¡Ahora ve a llamar a los demás!".

Salva empezaba a entusiasmarse. "Pero ¿qué les digo?".

"El pájaro. El que yo estaba escuchando. Me trajo directamente aquí". La sonrisa de Buksa era ahora más grande. "¿Lo ves?". Señaló las ramas del árbol. "Una colmena. Hermosa y grande".

Salva se apresuró para avisar al resto del grupo. Había escuchado que los jur chol podían seguir el llamado de los pájaros conocidos como los pájaros indicadores, pero nunca lo había visto.

¡Miel! ¡Esta noche tendrían un festín!

# CAPÍTULO CINCO

*Sur de Sudán, 2008*

Había un gran lago a tres días de marcha desde la aldea de Nya. Cada año cuando las lluvias cesaban y se secaba el estanque cercano a la aldea, la familia de Nya se mudaba a un lugar cerca del gran lago.

La familia de Nya no vivía al lado del lago durante todo el año por los enfrentamientos. Su tribu, los nuer, a menudo peleaba con la tribu rival, los dinka, por las tierras ubicadas alrededor del lago. Cuando los grupos se enfrentaban, hombres y jóvenes resultaban heridos o morían asesinados. Nya y el resto de la aldea vivían en el lago solamente durante los cinco meses de la temporada de sequía, cuando ambas tribus estaban tan ocupadas luchando por sobrevivir que cada vez había menos luchas.

Al igual que el estanque en su casa, el lago se había secado, pero como era mucho más grande que el estanque, el barro del lecho del lago todavía tenía agua.

La tarea de Nya en el campamento del lago era la misma que en su casa: ir a buscar agua. Con las manos, cavaba un pozo en el barro húmedo del lecho del lago.

Cavaba y cavaba, y retiraba puñados de barro hasta que el pozo era tan profundo como su brazo. El barro era más húmedo a medida que cavaba, hasta que, finalmente, comenzaba a filtrarse el agua al fondo del pozo.

El agua que llenaba el pozo era sucia, más lodo que líquido. Se filtraba tan lentamente que llevaba mucho tiempo recoger incluso unas pocas calabazas. Nya esperaba agachada al lado del pozo.

Esperaba el agua. Allí, durante horas. Cada día, durante cinco largos meses, hasta que llegaban las lluvias, y ella y su familia podían regresar a casa.

*Sur de Sudán, 1985*

❦

El ojo de Salva estaba inflamado y cerrado. Los antebrazos de Buksa estaban hinchados y en carne viva. Un amigo de Buksa tenía un labio inflamado. Parecía que todos se habían peleado a los puñetazos, pero las lesiones no eran moretones. Eran picaduras de abejas.

Habían preparado un fuego debajo del árbol para que el humo adormeciera a las abejas de la colmena. Pero cuando Buksa y los otros hombres jur chol estaban retirando la colmena del árbol, las abejas despertaron y no se alegraron al ver que se estaban llevando su casa. Expresaron su molestia muy claramente, zumbando, revoloteando y picando. Picando sin piedad.

*Valió la pena*, pensaba Salva al tocarse el ojo con cuidado. Su panza era un bulto redondo lleno de miel y cera de abejas. Nunca había comido algo tan exquisito como esos pedazos de panal de los que goteaba la deliciosa y dorada dulzura. Con todos los demás, había comido todo lo que pudo, había esperado y luego había comido un poco más.

Todos se relamían los dedos, satisfechos, excepto un dinka que tenía picaduras en la lengua. Estaba tan inflamada que no podía cerrar la boca; apenas podía tragar.

Salva sentía mucha pena por él. El pobre hombre ni siquiera podía disfrutar de la miel.

Con algo en la barriga, a Salva la marcha le parecía más fácil. Se las había arreglado para guardarse un último pedazo del panal que envolvió cuidadosamente con una hoja. Al final del siguiente día, ya no había miel, pero Salva guardaba la cera de abejas en la boca y la masticaba para recordar el sabor dulce.

Cada día, el grupo crecía un poco. Se les unían más personas; personas que habían estado caminando solas o en pequeños grupos de dos o tres. Todas las mañanas, Salva examinaba al grupo buscando a su familia, pero nunca estaban entre los recién llegados.

Una noche, solo unas semanas luego de que Salva se uniera al grupo, hizo su recorrida habitual alrededor del fuego, estudiando cada rostro con la esperanza de encontrar uno conocido.

De repente—

"¡Ay!".

Salva casi tropieza porque el suelo parecía moverse.

Un niño se incorporó de un salto y se paró frente a él.

"¡Ey! ¡Me pisaste la mano!". El niño hablaba dinka, pero con un acento diferente. No era de la región cercana a la aldea de Salva.

Salva retrocedió. "Lo siento. ¿Te lastimé?".

El niño abrió y cerró la mano un par de veces, luego se encogió de hombros. "No pasa nada. Pero deberías mirar por dónde caminas".

"Lo siento", repitió Salva. Luego de un momento de silencio, se dio vuelta y siguió examinando al grupo.

El niño seguía mirándolo. "¿Tu familia?", le preguntó.

Salva movió la cabeza.

"Yo también", dijo el niño. Suspiró, y ese suspiro fue directo al corazón de Salva.

Sus ojos se encontraron. "Me llamo Salva".

"Yo me llamo Marial".

Era bueno tener un amigo.


Marial tenía la misma edad de Salva. Tenían casi la misma altura. Cuando caminaban uno al lado del otro, sus pasos tenían la misma longitud. A partir del día siguiente, comenzaron a caminar juntos.

"¿Sabes a dónde vamos?", preguntó Salva.

Marial levantó la cabeza y puso la mano sobre la frente para protegerse del sol que asomaba. "Al este", dijo sagaz. "Vamos en dirección al sol de la mañana".

Salva revoleó los ojos. "*Sé* que vamos hacia el este", dijo. "Cualquiera se da cuenta de eso. ¿Pero a *qué lugar* en el este?".

Marial pensó durante un momento. "A Etiopía", dijo. "Al este de Sudán está Etiopía".

Salva se detuvo. "¿Etiopía? ¡Es otro país! ¡No podemos caminar hasta ahí!".

"Estamos caminando hacia el este", dijo Marial con seguridad. "Etiopía está al este".

*No puedo ir a otro país*, pensó Salva. *Si lo hago, mi familia nunca me encontrará...*

Marial puso el brazo alrededor de los hombros de Salva. Parecía saber qué pensaba Salva porque dijo: "No te preocupes. ¿No sabes que si seguimos caminando hacia el este daremos la vuelta al mundo y volveremos acá, a Sudán? ¡Entonces encontraremos a nuestras familias!".

Salva no pudo evitar reír. Ambos reían cuando retomaron la marcha, codo a codo, con pasos idénticos.

Había pasado más de un mes desde que Salva había escapado desde la escuela hacia el monte. Ahora, el grupo caminaba a través de la tierra de los atuot.

En lengua dinka, los atuot eran llamados "el pueblo del león". Su región estaba habitada por grandes manadas de antílopes, ñus y los leones que los cazaban. Los dinka contaban historias sobre los atuot. Cuando un atuot moría, regresaba a la Tierra como un león, hambriento de la carne humana que alguna vez había comido. Se decía que los leones de la región atuot eran los más feroces del mundo.

De noche, había mucha inquietud. Salva se despertaba a menudo por los rugidos que se escuchaban a la distancia y a veces por el chillido de un animal en las garras de algún león.

Una mañana se despertó soñoliento; no había dormido bien. Se frotó los ojos, se levantó y caminó torpemente tras Marial cuando retomaron la marcha.

"¿Salva?".

No era Marial quien había hablado. La voz venía desde atrás de él.

Salva se dio vuelta.

La sorpresa hizo que abriera la boca, pero no pudo hablar.

"¡Salva!".

# CAPÍTULO SEIS

*Sur de Sudán, 2008*

La familia de Nya venía al campamento del lago desde hacía varias generaciones. La misma Nya venía todos los años desde que nació. Algo que le gustaba del campamento era que, si bien debía cavar en el barro y esperar el agua, no tenía que hacer los dos largos viajes al estanque, todos los días. Este año se dio cuenta, por primera vez, de que su madre odiaba el campamento.

No tenían casa y debían dormir en refugios improvisados. No podían traer la mayoría de sus cosas por lo que debían arreglárselas con lo que tuvieran a mano. Debían pasarse casi todo el día cavando para encontrar agua.

Pero lo peor era la expresión en el rostro de la madre de Nya cuando su padre y su hermano mayor, Dep, salían a cazar.

Miedo.

Su madre sentía miedo. Miedo de que los hombres de su familia se cruzaran con la tribu dinka, pelearan y resultaran heridos... o algo peor.

Todos estos años, habían sido afortunados. Ningún

familiar de Nya había sido herido ni asesinado por los dinka, pero conocía a otras familias de la aldea que habían perdido a sus seres queridos de esa manera.

Nya podía ver la duda en el rostro de su madre, cada mañana: ¿tendrían suerte nuevamente?

¿O era su turno de perder a alguien?

*Sur de Sudán*, 1985

❀

Salva abrió y cerró la boca como si fuera un pez. Trató de hablar, pero no salió ningún sonido de su garganta. Trató de moverse, pero los pies parecían estar clavados al suelo.

"¡Salva!", volvió a decir el hombre, y corrió hacia él. Cuando el hombre estaba tan solo a unos pasos, Salva recuperó la voz.

"¡Tío!", gritó, y corrió hacia los brazos del hombre.

El tío Jewiir era el hermano menor del padre de Salva. Salva no lo veía al menos desde hacía dos años porque el tío había estado en el ejército.

*¡El tío debe saber sobre la guerra y los enfrentamientos! ¡Quizás sepa dónde está mi familia!*

Pero la esperanza desapareció no bien su tío empezó a hablar. "¿Estás solo? ¿Dónde está tu familia?", preguntó.

Salva no sabía por dónde empezar. Parecía que habían pasado años desde que había escapado de la escuela hacia el monte. Le contó todo a su tío, tan bien como pudo.

Mientras Salva hablaba, el tío asentía o sacudía la cabeza. Su rostro se puso muy serio cuando Salva le dijo que no había visto ni había tenido noticia alguna sobre su familia durante todo este tiempo. La voz de Salva se fue apagando, y luego bajó la cabeza. Estaba contento de ver al tío otra vez, pero parecía que él tampoco sería de mucha ayuda.

El tío se mantuvo callado durante un rato. Luego palmeó a Salva en el hombro. "¡Ey, sobrino!", dijo con voz alegre. "Ahora estamos juntos; yo te cuidaré".

El tío se había unido al grupo hacía tres días, pero como había más de treinta personas que viajaban juntas, no se habían encontrado hasta ahora. Cuando retomaron la marcha, Salva vio que su tío tenía un arma, un rifle que llevaba en una correa sobre el hombro. Salva se daba cuenta de que, por su experiencia en el ejército y porque llevaba un arma, el tío era considerado por el grupo una especie de líder.

"Sí. Cuando dejé el ejército, me permitieron quedarme

con el arma", dijo el tío. "Así que voy a cazar una comida exquisita para nosotros en cuanto vea algo comestible".

El tío cumplió su palabra. Ese mismo día cazó un antílope joven, un topi. Salva no veía la hora de que lo despellejaran, lo carnearan y lo asaran. Cuando el aroma humeante de la carne inundó el aire, la saliva que se acumulaba en la boca lo obligó a tragar continuamente.

El tío reía al ver a Salva engullir su primer pedazo de carne. "Salva, ¡tienes dientes! ¡Se supone que los usas para comer!".

Salva no podía responder. Estaba muy ocupado metiéndose en la boca otro trozo de la deliciosa carne asada.

Si bien el topi era pequeño, había suficiente carne para todo el grupo. Sin embargo, Salva no tardó en lamentar su apuro por comer. Luego de tantas semanas de hambre, su estómago se rebeló con toda su fuerza, y Salva pasó casi toda la noche vomitando.

Salva no era el único. Cuando el estómago nauseoso lo despertaba, corría al costado del campamento para vomitar, y allí encontraba a otros haciendo lo mismo. En un momento, Salva se encontró en una fila de personas, todas con la misma pose: dobladas, con la mano en el estómago y esperando la próxima oleada de náuseas.

Hubiera sido gracioso, si no se hubiera sentido tan mal.

El grupo continuó marchando a través de la tierra de los atuot. Todos los días veían leones, por lo general, descansando a la sombra de árboles pequeños. En una oportunidad, a la distancia, vieron un león cazando a un topi. El topi escapó, pero en el camino Salva vio los huesos de presas que no habían tenido tanta suerte.

Salva y Marial seguían caminando juntos, cerca del tío. A veces, el tío caminaba junto a los otros hombres y conversaban con seriedad sobre el viaje. Cuando eso ocurría, Salva y Marial se separaban un poco, respetuosamente, pero Salva siempre trataba de tener a su tío a la vista. De noche, dormía cerca de él.

Un día, el grupo comenzó a caminar al atardecer; esperaban llegar a un pozo de agua antes de que el sol se ocultara, pero resultó que no había agua en ningún lado, aunque buscaron durante varios kilómetros. Continuaron marchando, hacia la noche y a través de ella. Caminaron durante diez horas, y al alba estaban todos exhaustos.

El tío y los otros líderes finalmente decidieron que el grupo debía descansar. Salva se alejó unos pasos del camino y se durmió casi antes de acostarse.

Recién se despertó cuando sintió la mano del tío, que sacudía su hombro. Al abrir los ojos, escuchó sollozos.

Alguien estaba llorando. Salva pestañeó como para despertarse y miró al tío, cuya cara estaba muy seria.

"Lo lamento, Salva", dijo el tío en voz baja. "Tu amigo...".

*¿Marial?* Salva miró a su alrededor. *Debe andar cerca... No recuerdo si durmió cerca de mí. Yo estaba muy cansado. Quizás fue a buscar algo para comer...*

El tío acarició la cabeza de Salva como si fuera un bebé. "Lo lamento", dijo nuevamente.

Salva sintió que se le desgarraba el corazón.

# CAPÍTULO SIETE

## *Sur de Sudán, 2008*

Nya se sentó en el suelo. Estiró el brazo y tomó la mano de su hermanita.

Akeer parecía no darse cuenta. Estaba acostada de lado, enrollada, casi inmóvil, muda excepto por algún quejido ocasional.

Su silencio atemorizaba a Nya. Hacía solo dos días, Akeer se había quejado mucho de dolor de estómago. Nya se había fastidiado por las quejas. Ahora se sentía culpable. Se daba cuenta de que su hermana ya no tenía fuerzas para quejarse.

Nya conocía a muchas personas que tenían la misma enfermedad. Primero calambres y dolor de estómago; luego, diarrea. A veces, también fiebre. La mayoría de los adultos y niños mayores que se sentían mal se recuperaban, al menos, para volver a trabajar, si bien el sufrimiento podría aparecer y desaparecer durante años.

Para los mayores y para los niños pequeños, la enfermedad podía ser peligrosa. Incapaces de retener algo en sus cuerpos, muchos morían de hambre, incluso si tenían comida frente a ellos.

El tío de Nya, el jefe de su aldea, conocía una clínica médica que estaba a unos días a pie. Dijo a la familia de Nya que, si ellos podían llevar a Akeer allí, los médicos le darían medicinas para que mejorara.

El problema era que un viaje así sería muy difícil para Akeer. ¿Debían quedarse en el campamento y dejarla descansar para que sanara sola? ¿O debían comenzar la larga y difícil travesía, y confiar en que conseguirían ayuda a tiempo?

*Sur de Sudán*, 1985

❊

Reanudaron la marcha. Salva estaba aterrorizado.

Iba colgado de su tío como un bebé o como un niño pequeño, aferrándose de su mano o de su ropa, siempre que podía. No dejaba que su tío se alejara, que quedara fuera de su vista. Miraba a su alrededor continuamente. Cada movimiento en el pasto era un león al acecho; cada silencio, un león listo para atacarlos.

Marial ya no estaba. Había desaparecido en la noche. Jamás se hubiera alejado del grupo por decisión propia. Su desaparición solo podía tener una explicación.

Un león.

Algún león muy hambriento se había acercado al grupo mientras dormían. Algunos hombres vigilaban, pero en la oscuridad de la noche, con el viento ondeando en los pastos altos, el león podría haberse acercado fácilmente sin ser visto. Buscaba una presa pequeña e inmóvil: Marial, dormido.

Se lo había llevado, y solo había dejado unas pocas manchas de sangre cerca del camino.

Si no hubiera sido por el tío, Salva hubiera enloquecido de miedo. El tío le habló toda la mañana en voz baja, con firmeza.

"Salva, tengo un arma. Dispararé a cualquier león que se acerque".

"Salva, estaré despierto esta noche y vigilaré".

"Salva, pronto abandonaremos la región de los leones. Todo estará bien".

Escuchando al tío, apurándose para estar cerca de él, Salva lograba que sus pies se movieran a pesar del terror que sentía en todo el cuerpo.

Pero nada estaba bien. Había perdido a su familia, y ahora, además, había perdido a su amigo.

Nadie había escuchado gritos en la noche. Salva deseaba con todo su corazón que el león hubiera matado a Marial instantáneamente, que su amigo no hubiera llegado a sentir miedo o dolor.

El paisaje se volvió más verde. Se podía oler el agua.

"El Nilo", dijo el tío. "Pronto llegaremos al río Nilo y cruzaremos a la otra orilla".

El Nilo, el río más largo del mundo, madre de todos los seres vivos en Sudán. El tío explicó que llegarían al río en uno de sus tramos más anchos.

"Ni siquiera parecerá un río. Parecerá un gran lago. Nos llevará mucho tiempo cruzar al otro lado".

"¿Y qué hay del otro lado?", murmuró Salva, todavía con miedo.

"El desierto", respondió el tío. "Y luego, Etiopía".

Los ojos de Salva se llenaron de lágrimas. Marial tenía razón sobre Etiopía. *Cómo quisiera que estuviera aquí... podría decirle que yo estaba equivocado.*

Salva estaba parado en la orilla del Nilo. Aquí, como había dicho el tío, el río formaba un gran lago.

El grupo cruzaría el Nilo en canoas, dijo el tío. Llevaría un día entero llegar a las islas que están a mitad del lago y otro día llegar a la distante orilla.

Salva frunció el ceño. No veía canoas por ningún lado.

El tío sonrió ante la expresión de sorpresa de Salva. "¿Cómo? ¿No trajiste tu propia canoa?", dijo. "¡En ese caso, espero que sepas nadar bien!".

Salva bajó la cabeza. Sabía que el tío estaba bromeando, pero estaba tan cansado... Cansado de preocuparse por su familia, cansado de pensar en el pobre Marial, cansado de caminar sin saber a dónde iban. Lo mínimo que podía hacer el tío era decirle la verdad sobre las canoas.

El tío rodeó los hombros de Salva con su brazo. "Ya verás. Tenemos mucho trabajo por delante".

Salva avanzó tambaleándose con otro cargamento enorme de juncos en los brazos. Todos estaban ocupados. Algunos cortaban largos juncos de papiros en la orilla del agua. Otros, como Salva, recogían las cañas y las llevaban a los que hacían las canoas.

Unas pocas personas del grupo provenían de aldeas ubicadas cerca de ríos o lagos. Sabían cómo atar los juncos y cómo tejerlos con destreza para hacer canoas poco profundas.

Todos trabajaban con rapidez, aunque no podían saber

si debían o no apurarse. No había forma de saber qué tan cerca estaba la guerra. Quizás los enfrentamientos seguían ocurriendo lejos del lugar; quizás un avión cargado de bombas los sobrevolaría en cualquier momento.

Era dura la tarea de correr entre los que cortaban y los que tejían, pero Salva descubrió que el trabajo lo ayudaba a sentirse un poco mejor. Estaba demasiado ocupado como para preocuparse. Hacer algo, incluso llevar enormes y extrañas pilas de resbalosos juncos, era mejor que no hacer nada.

Cada vez que Salva entregaba una pila de juncos, se detenía un momento para admirar la habilidad de quienes construían las canoas. Los largos juncos se colocaban en atados ordenados. Los extremos de los atados luego se unían firmemente unos con otros. Después de eso, el atado de juncos se separaba en el medio para formar un agujero, y luego los dos lados se ataban por separado para formar la canoa básica. Se agregaban más capas de juncos y se ataban para formar el fondo de la canoa. Salva observaba fascinado cómo poco a poco la curva de una proa y los costados inferiores surgían de las pilas de juncos.

Al grupo le llevó dos días enteros construir suficientes canoas. Probaron cada una de las canoas. Algunas no flotaban bien y las arreglaron. Luego usaron más juncos para hacer los remos.

Por fin, todo estaba listo. Salva se metió en una de las canoas, entre su tío y otro hombre. Se aferró a los bordes del bote mientras este se adentraba en el Nilo.

# CAPÍTULO OCHO

Parecía música. La risa de Akeer parecía música.

El padre de Nya había decidido que Akeer necesitaba un médico. Por eso, Nya y su madre habían llevado a Akeer al lugar especial, una carpa blanca grande llena de personas enfermas y heridas, con médicos y enfermeros que las ayudaban. Luego de tan solo dos dosis de medicina, Akeer ya estaba casi recuperada. Todavía estaba delgada y débil, pero podía reírse cuando Nya se sentaba cerca de su catre y jugaba con ella.

La enfermera, una mujer blanca, hablaba con la madre de Nya.

"Su enfermedad se debe al agua", explicó la enfermera. "Solo debe beber agua limpia. Si el agua está sucia, debes hervirla contando hasta doscientos antes de que ella beba".

La madre de Nya asintió. Comprendía, pero Nya veía la preocupación en sus ojos.

El agua de los pozos del lecho del lago solo podía juntarse en pequeñas cantidades. Si su madre trataba de hervir una cantidad tan pequeña, la olla se secaría mucho antes de que pudiera contar hasta doscientos.

La noticia era buena: pronto volverían a la aldea. El agua que Nya traía del estanque en una jarra de plástico podía hervirse antes de que la tomaran.

¿Pero y el año siguiente en el campamento? ¿Y el otro año?

Incluso en casa, cuando Nya hacía las largas y calurosas caminatas al estanque, ella debía beber tan pronto como llegaba al lugar.

Jamás podría evitar que Akeer hiciera lo mismo.

*Sur de Sudán*, 1985

☙❧

La superficie del lago estaba calma. Cuando las canoas se alejaron de la costa, no había mucho para ver, tan solo agua y más agua.

Remaron durante horas. La escena y los movimientos eran tan monótonos que Salva podía haberse dormido, pero no lo hacía porque temía caerse. Se mantenía despierto contando los golpes del remo del tío y tratando de medir cuánto avanzaba la canoa cada veinte golpes.

Finalmente, las canoas se acercaron a una isla en medio del río. Allí vivían y trabajaban los pescadores del Nilo.

A Salva le impresionó lo que vio en la comunidad de pescadores. Era el primer lugar en sus semanas de caminata en el que había comida en abundancia. Los aldeanos comían mucho pescado, por supuesto, y también carne de hipopótamo y de cocodrilo. Más impresionante todavía era la cantidad de cultivos que tenían: mandioca, caña de azúcar, camote... ¡Era fácil cultivar cuando había un río entero para regar las plantaciones!

Ninguno de los viajeros tenía dinero ni nada de valor para negociar, así que tuvieron que mendigar la comida. La excepción era el tío. Los pescadores le daban alimento sin que él tuviera que pedirlo. Salva no sabía si era porque el tío parecía ser el líder del grupo o porque temían a su fusil.

El tío compartió su comida con Salva: un pedazo de caña de azúcar que chuparon de inmediato, luego pescado que cocinaron sobre el fuego y camote asado sobre las cenizas.

El jugo de la miel de caña calmó el apetito más agudo de Salva. Pudo comer el resto lentamente, haciendo que cada pedazo durara más.

En su casa, Salva jamás había tenido hambre. Su familia tenía muchas cabezas de ganado. Era una de las familias más ricas de la aldea de Loun-Ariik. Comían principalmente crema de avena preparada con sorgo y leche. Cada tanto, su padre iba al mercado en bicicleta y traía a casa bolsas de frijoles y arroz. Habían sido cultivados en otro lugar porque poco se podía cultivar en la seca y semidesierta región de Loun-Ariik.

Como algo excepcional, su padre a veces traía mangos. Era extraño llevar una bolsa de mangos, en especial, cuando la bicicleta ya estaba cargada con otras cosas. Entonces, él colocaba los mangos en los rayos de las ruedas de la bicicleta. Cuando Salva corría a recibirlo, podía ver los mangos verdes girando alegremente. Formaban una mancha cuando el padre pedaleaba.

Salva tomaba un mango de los rayos incluso antes de que su padre bajara. Su madre lo pelaba, y el jugo era del mismo color que su pañoleta. Ella luego quitaba la pulpa del gran hueso chato. A Salva le gustaban las rodajas dulces, pero su parte favorita era el hueso. Siempre había mucha fruta aferrada al hueso. Él mordisqueaba y chupaba para sacar hasta el último pedacito, y lo hacía durar horas.

No había mangos en las tiendas de los pescadores, pero chupar ese pedazo de caña de azúcar le recordó a

Salva esos días felices. Se preguntaba si alguna vez volvería a ver a su padre en bicicleta y con mangos en los rayos.

En cuanto el sol tocó el horizonte, los pescadores se fueron rápidamente a sus carpas. En realidad, no eran carpas, tan solo redes blancas para protegerse de los mosquitos y que colgaban o colocaban para tener un lugar dentro del cual dormir. Ninguno de los pescadores se quedó para conversar, seguir comiendo o hacer alguna otra cosa. Era como si todos se hubieran evaporado al mismo tiempo.

Solo unos minutos después, los mosquitos salieron del agua, de los juncos, de todos los rincones. Aparecieron enormes nubes oscuras de mosquitos, y su zumbido agudo llenó el aire. Miles, quizás millones de mosquitos hambrientos se agruparon, tantos que, si no tenía cuidado, con solo respirar, Salva podría haber terminado con la boca llena de mosquitos. Incluso aunque fuera cuidadoso, estaban por todas partes: ojos, nariz, oídos o en cualquier parte de su cuerpo.

Los pescadores permanecieron en sus redes toda la noche. Incluso habían cavado pequeños canales en las redes desde donde podían orinar sin tener que abandonar sus pequeñas carpas.

No importaba cuántas veces Salva mataba mosquitos

o si de un golpe mataba a varios. Por cada uno que mataba, parecía que cientos lo reemplazaban. Con el agudo zumbido constante en los oídos, Salva pasó la noche dándoles manotazos y alejándolos.

Nadie del grupo pudo dormir. Los mosquitos se aseguraron de eso.

A la mañana siguiente, Salva estaba cubierto de picaduras. Las peores estaban justo en medio de la espalda, donde no llegaba a rascarse. En los lugares a los que sí llegaba, se rascó hasta que las picaduras sangraron.

Los viajeros subieron nuevamente a las canoas, y se alejaron de la isla, remando hacia el otro lado del Nilo. Los pescadores habían alertado al grupo que llevaran mucha agua para la siguiente etapa del viaje. Salva todavía tenía la calabaza que la anciana le había dado. Otros también tenían calabazas o botellas de plástico. Pero algunos no tenían recipientes. Rasgaban tiras de sus ropas y las empapaban en un desesperado intento por llevar consigo al menos algo de agua.

Se acercaba la parte más difícil del viaje: el desierto de Akobo.

# CAPÍTULO NUEVE

### Sur de Sudán, 2008

El día que llegaron los visitantes, la familia de Nya había regresado a la aldea hacía varios meses; de hecho, ya casi era hora de partir nuevamente hacia el campamento. Cuando se acercó el *jeep*, la mayoría de los niños corrieron a recibirlo. Tímida a la hora de conocer extraños, Nya se quedó atrás.

Dos hombres salieron del *jeep*. Hablaron con los muchachos mayores, incluso con Dep, hermano de Nya, quien los llevó a la casa del jefe de la aldea, tío de Dep y de Nya.

El jefe salió de su casa para saludar a los visitantes. Se sentaron en la sombra de la casa con otros hombres de la aldea y bebieron té mientras conversaban.

"¿De qué hablan?", preguntó Nya a Dep.

"Algo sobre el agua", respondió Dep.

¿Sobre el agua? El agua más cercana era el estanque, por supuesto, al que se tardaba media mañana en llegar a pie.

Eso lo sabía cualquiera.

❧

Salva jamás había visto algo parecido a un desierto. Alrededor de su aldea, Loun-Ariik, crecían suficientes pastos y arbustos para alimentar al ganado. Incluso había árboles. Aquí, en el desierto, nada verde sobrevivía, excepto pequeños arbustos de acacias de hojas perennes; de algún modo, aguantaban los largos meses de invierno casi sin agua.

El tío dijo que tardarían tres días en cruzar el Akobo. El calzado de Salva no sobreviviría al pedregoso y caliente piso del desierto. Las suelas, hechas de caucho, ya eran jirones que se mantenían juntos con algo de cuero y mucho de esperanza. Luego de unos pocos minutos, Salva tuvo que sacarse los ondeantes jirones y continuar descalzo.

El primer día en el desierto le pareció a Salva el día más largo de su vida. El sol era implacable y eterno. No había atisbos de nubes ni asomo de brisas que trajeran alivio. Cada minuto caminando en ese calor árido era como una hora. Incluso respirar era un esfuerzo. Cada vez que Salva respiraba, sentía que, en lugar de recuperar fuerzas, las perdía.

Las espinas ensangrentaron sus pies. Sus labios se partieron y se resecaron. El tío le recomendó que hiciera durar el agua todo lo posible. Era lo más difícil que había hecho Salva en toda su vida: beber pequeños sorbos cuando su cuerpo pedía a gritos enormes tragos de agua para calmar su sed, para salvar su vida.

El peor momento del día ocurrió cerca del final. Salva se golpeó el desnudo dedo del pie con una roca, y eso le arrancó la uña.

El dolor era terrible. Salva trató de morderse el labio, pero el horror de ese día interminable era demasiado para él. Bajó la cabeza, y las lágrimas comenzaron a caer.

Pronto estaba llorando tan fuerte que apenas podía respirar. No podía pensar. Apenas podía ver. Tuvo que sentarse para tranquilizarse, y por primera vez en la larga travesía, empezó a quedar rezagado con respecto al grupo. A los tropezones, a ciegas, no se dio cuenta de que el grupo se alejaba más y más de él.

Como por arte de magia, su tío apareció a su lado.

"¡Salva Mawien Dut Ariik!", dijo con voz fuerte y clara, usando el nombre completo de Salva.

Salva levantó la cabeza, y la sorpresa interrumpió los sollozos.

"¿Ves aquel grupo de arbustos?", dijo el tío mientras señalaba. "Solo tienes que caminar hasta esos arbustos. ¿Puedes hacerlo, Salva Mawien Dut Ariik?".

Salva se secó los ojos con el dorso de la mano. Podía ver los arbustos. No parecía que estuvieran tan lejos.

El tío buscó en su bolsa. Sacó un tamarindo y se lo dio a Salva.

Masticar la fruta de jugo amargo hizo que Salva se sintiera mejor.

Cuando llegaron a los arbustos, el tío señaló un grupo de rocas que estaba más adelante y le dijo a Salva que caminara hasta las rocas. Luego, una acacia solitaria... luego otro grupo de rocas... un lugar donde no había nada, excepto arena.

El tío continuó así durante el resto de la marcha. Cada vez que le hablaba, se dirigía a Salva usando su nombre completo. Cada vez, Salva pensaba en su familia y en su aldea, y de algún modo podía mover su pie herido, un doloroso paso por vez.

Al fin, a regañadientes, el sol se vio obligado a abandonar el cielo. Sobre el desierto, cayó la noche como una bendición. Hora de descansar.


El día siguiente fue una copia del anterior: sol y calor, y, lo peor para Salva, un paisaje que era exactamente el mismo. Las mismas rocas. Las mismas acacias. El mismo polvo. Nada indicaba que el grupo estuviera avanzando en su cruce del desierto. Salva sentía que había caminado durante horas, pero permanecía en el mismo lugar.

El feroz calor enviaba ondas resplandecientes que hacían que todo se viera borroso. ¿O era él el que tambaleaba? Ese enorme grupo de rocas más adelante... casi parecía moverse...

Se *movían*. No eran rocas.

Eran personas.

El grupo de Salva se acercó. Salva contó nueve hombres, desplomados sobre la arena.

Uno hizo un movimiento leve y desesperado con la mano. Otro trató de levantar la cabeza, pero cayó nuevamente. Ninguno emitió sonido alguno.

Al mirar, Salva comprendió que cinco de los hombres estaban totalmente inmóviles.

Una de las mujeres del grupo de Salva se adelantó y se arrodilló. Abrió su recipiente de agua.

"¿Qué haces?", gritó un hombre. "¡No puedes salvarlos!".

La mujer no contestó. Cuando levantó la vista, Salva pudo ver las lágrimas en sus ojos. Ella sacudió la cabeza, puso un poco de agua en un trapo y comenzó a humedecer los labios de uno de los hombres que estaban en la arena.

Salva miró los ojos hundidos y los labios partidos de los hombres tirados sobre la arena caliente, y sintió su propia boca tan seca que casi se ahoga al intentar tragar.

"¡Si les das tu agua, no tendrás suficiente para ti!", gritó la misma voz. "Es inútil. Morirán, y tu morirás con ellos".

# CAPÍTULO DIEZ

*Sur de Sudán*, 2008

Los hombres terminaron la reunión. Todos se pusieron de pie y pasaron por delante de la casa de Nya. Ella se unió al grupo de niños que los seguían.

No muy lejos de su casa, había un árbol. Los hombres se detuvieron frente al árbol. Los desconocidos hablaron con el tío de Nya.

Había otro árbol, a unos cincuenta pasos del primero. Con el tío de Nya detrás, uno de los hombres se detuvo a mitad de camino. El otro hombre caminó hasta el final y examinó el segundo árbol.

El primer hombre llamó a su amigo en un idioma que Nya no conocía. El amigo le contestó en el mismo idioma, pero al volver, le tradujo al jefe y Nya logró escuchar.

"Aquí es, a mitad de camino entre los dos árboles más grandes. Aquí encontraremos agua".

Nya sacudió la cabeza. ¿De qué hablaban? Ella conocía ese lugar como la palma de su propia mano. Allí, entre los dos árboles, a veces se reunía la aldea para cantar y conversar alrededor de un gran fuego.

No había una sola gota de agua en ese lugar, a menos que lloviera.

❦

Salva tomó su calabaza. Sabía que estaba llena hasta la mitad, pero de pronto parecía más liviana, como si casi no quedara nada de agua en ella.

El tío Jewiir debió adivinar lo que estaba pensando.

"No, Salva", murmuró. "Eres muy pequeño, y todavía no eres lo suficientemente fuerte. Sin agua, no sobrevivirás el resto de la caminata. Otros podrán soportarlo mejor que tú".

En efecto, había ahora tres mujeres dando agua a los hombres que estaban en el suelo.

Como por milagro, esas pequeñas cantidades de agua revivieron a los hombres. Pudieron ponerse en pie y unirse al grupo para reanudar la marcha, pero sus cinco compañeros muertos quedaron atrás. No había herramientas para cavar y, además, enterrar a los muertos habría llevado mucho tiempo.

Salva intentó no mirar al pasar por delante de los

cuerpos, pero sus ojos se vieron atraídos hacia el lugar. Sabía qué iba a ocurrir. Los buitres encontrarían los cuerpos y desgarrarían su carne descompuesta hasta no dejar nada más que huesos. Se sintió descompuesto al pensar en esos hombres... primero morir de una manera tan horrible, y luego que sus cuerpos fueran desgarrados.

Si él fuera mayor y más fuerte, ¿les habría dado agua a esos hombres? ¿O acaso él, como la mayoría del grupo, habría guardado el agua para sí?

Era el tercer día del grupo en el desierto. Para el atardecer, estarían fuera del desierto y de ahí, no quedaba lejos el campamento de refugiados de Itang en Etiopía.

Mientras caminaban fatigosamente, Salva logró conversar con su tío sobre algo que había estado creciendo en su mente como una enorme sombra. "Tío, si estoy en Etiopía, ¿cómo me encontrarán mis padres? ¿Podré volver a Loun-Ariik?".

"He hablado con los otros que están aquí", dijo el tío. "Creemos que la aldea de Loun-Ariik fue atacada y posiblemente incendiada. Tu familia...". El tío hizo una pausa y miró a un costado. Cuando lo volvió a mirar, su expresión era seria.

"Salva, pocas personas de la aldea sobrevivieron al ataque. Cualquiera que haya sobrevivido habrá debido huir al monte, y nadie sabe dónde están ahora".

Salva guardó silencio por un momento. Luego dijo: "Al menos tú estarás allí conmigo. En Etiopía".

El tío le habló con afecto. "No, Salva. Voy a llevarte al campamento de refugiados, pero luego volveré a Sudán para luchar en la guerra".

Salva se detuvo y se aferró al brazo del tío. "Pero, tío, no tengo a nadie. ¿Cuál será mi familia?".

El tío se soltó con delicadeza del brazo de Salva para poder tomar la mano del niño. "Habrá mucha gente en el campamento. Te harás amigo de algunos... harás tu propia familia allí. Ellos también necesitan en quien confiar".

Salva sacudió la cabeza; no podía imaginar cómo sería la vida en un campamento sin su tío. Apretó la mano del tío con fuerza.

El tío se quedó en silencio y no dijo nada más.

*Él sabe que será difícil para mí*, comprendió Salva. *No quiere dejarme allí, pero tiene que volver y luchar por nuestro pueblo. No debo comportarme como un bebé, debo ser fuerte...*

Salva tragó con dificultad. "Tío, cuando vuelvas a Sudán, tal vez encuentres a mis padres. Podrías decirles dónde estoy. O podrías hablar con las personas que encuentres y preguntarles dónde está la gente de Loun-Ariik".

El tío no contestó de inmediato. Luego dijo: "Por supuesto que lo haré, sobrino".

Salva vio una luz de esperanza. Si su tío buscaba a su familia, quizás volvieran a estar juntos alguna vez.

Nadie del grupo había comido en dos días. El agua casi se había agotado. Solo pensar en dejar atrás el desierto los alentaba para atravesar el calor y el polvo.

Esa misma tarde, se toparon con el primer indicio de que el desierto empezaba a ceder: unos árboles raquíticos cerca de un estanque poco profundo de agua empantanada. El agua no era apta para beber, pero junto al estanque encontraron una cigüeña muerta. El grupo comenzó de inmediato con los preparativos para cocinar y comer el ave. Salva ayudó a juntar pequeñas ramas para el fuego.

Mientras se cocinaba el ave, Salva no podía dejar de mirarla. Solo alcanzaría para un bocado o dos por persona, pero esperaba con ansiedad.

Entonces escuchó unas voces fuertes. Al igual que el resto del grupo, se dio vuelta y vio seis hombres que avanzaban hacia ellos. A medida que se acercaban los hombres, notó que llevaban armas y machetes.

Los hombres comenzaron a gritar.

"¡Siéntense!".

"¡Manos sobre la cabeza!".

"¡Todos! ¡Ya!".

Todo el grupo se sentó de inmediato. Salva le tenía miedo a las armas, y notó que los demás también.

Uno de los hombres caminó entre el grupo y se detuvo frente al tío. Salva comprendió al ver la cicatriz de ritual en el rostro del hombre que pertenecía a la tribu nuer.

"¿Están con los rebeldes?", preguntó el hombre.

"No", contestó el tío.

"¿De dónde vienen? ¿A dónde van?".

"Venimos del oeste del Nilo", dijo el tío. "Estamos yendo a Itang, al campamento de refugiados".

El hombre ordenó al tío que se levantara y que dejara el arma donde estaba. Dos de los hombres llevaron al tío a un árbol que estaba a unos metros y lo ataron.

Luego, caminaron entre el grupo. Si alguien tenía un bolso, los hombres lo abrían y tomaban todo lo que hubiera en él. Ordenaron a algunos que se sacaran la ropa y se llevaron eso también.

Salva temblaba. A pesar de su miedo, entendió que por primera vez en el viaje era bueno ser el más joven y el más pequeño: a los hombres no les interesaría su ropa.

Cuando los hombres terminaron con el saqueo, tomaron el rifle del tío. Entonces caminaron hasta el árbol donde estaba atado el tío.

*Tal vez nos dejen en paz ahora que nos han robado*, pensó Salva.

Los oyó reír.

Mientras Salva miraba, uno de los hombres apuntó su rifle hacia el tío.

Sonaron tres disparos. Luego, los hombres escaparon corriendo.

# CAPÍTULO ONCE

Luego de que los dos hombres dejaran la aldea, comenzó la tarea de despejar la zona que estaba ubicada entre los árboles. Era un trabajo muy duro: había que quemar o quitar de raíz los árboles más pequeños y los arbustos. Era preciso cortar el pasto más alto y remover el suelo. Además, era una tarea peligrosa. En el pasto había serpientes venenosas y escorpiones escondidos.

Nya continuaba haciendo los dos viajes diarios al estanque. Cada vez que volvía, notaba que, de a poco, pero de manera continua, el área despejada crecía.

La tierra era seca y dura como una roca. Nya no entendía y dudaba: ¿cómo podría haber agua en un lugar así?

Cuando le preguntaba a Dep, él sacudía la cabeza. También podía ver incertidumbre en sus ojos.

꧁꧂

Enterraron al tío en un pozo de medio metro de profundidad, un pozo que había sido excavado por algún animal. Por respeto hacia él, ese día el grupo no caminó más e hizo luto por el hombre que había sido su líder.

Salva estaba demasiado aturdido para pensar, y cuando le venían pensamientos, eran muy tontos. Estaba enojado porque no habían podido comer después de todo. Mientras los hombres saqueaban al grupo, aparecieron más aves y picotearon la cigüeña asada hasta no dejar más que huesos.

El tiempo para el duelo fue breve, y nuevamente comenzó la marcha poco después de que oscureciera. A pesar del agobio que sentía en el corazón, Salva se sorprendió al ver que caminaba más rápido y con más decisión que antes.

Marial ya no estaba. El tío tampoco, asesinado por esos nuer frente a los ojos de Salva. Marial y el tío ya no estaban con él, y nunca volverían a estarlo, pero Salva sabía que ambos hubieran querido que sobreviviera, que terminara el viaje y que llegara a salvo al campamento de refugiados de Itang. Era casi como si ellos le hubieran dejado su fuerza para ayudarlo en la marcha.

No podía encontrar ninguna otra explicación para lo que sentía, pero no había duda: debajo de su inmenso dolor, se sentía más fuerte.

Ahora que Salva no estaba bajo el cuidado y la protección de su tío, la actitud del grupo hacia él cambió. De nuevo, se quejaban porque era muy joven y pequeño, porque podría retrasarlos o ponerse a llorar otra vez, como lo había hecho en el desierto.

Nadie compartía nada con él, ni comida ni compañía. El tío siempre había compartido los animales y los pájaros que cazaba con todo el grupo, pero parecía que todos se habían olvidado de eso. Ahora Salva tenía que suplicar que le dieran sobras, y se las daban a regañadientes.

La manera en que lo trataban hizo que Salva se sintiera todavía más fuerte. *No queda nadie que me ayude. Ellos creen que soy débil e inútil.*

Salva levantó la cabeza con orgullo. *Se equivocan, y lo probaré.*


Salva nunca había visto tanta gente al mismo tiempo en un mismo lugar. ¿Cómo podía haber tanta gente en el mundo?

Más de cientos de personas. Más de miles. Miles y miles.

Personas en filas, en masa y en grupos. Había gente

que iba de un lado al otro, unos estaban de pie, otros sentados o agachados en el suelo, unos acostados con las piernas
recogidas porque no había suficiente espacio para esti-
rarse.

El campamento de refugiados de Itang estaba lleno de
gente de todas las edades: hombres, mujeres, niñas, niños
pequeños... La mayoría de los refugiados eran niños y
jóvenes que habían huido de sus aldeas al llegar la guerra.
Habían huido porque corrían un doble peligro: la guerra
en sí y los ejércitos de ambos lados. Los jóvenes, e incluso a
veces los niños, eran obligados a unirse a las luchas, por lo
que sus familias y comunidades, como el maestro de la escuela de Salva, mandaban a los niños a los montes al primer
indicio de enfrentamientos.

Los niños que llegaban al campamento de refugiados
sin sus familias eran ubicados en grupos. Salva fue separado de inmediato del grupo con el que viajaba. A pesar de
que no habían sido amables con él, al menos los conocía.
Ahora, otra vez entre extraños, se sentía inseguro e incluso
temeroso.

Mientras atravesaba el campamento junto a otros niños, Salva observaba cada rostro que veía al pasar. El tío le
había dicho que nadie sabía dónde estaba su familia... ¿En-

tonces existía una posibilidad, al menos, de que pudieran estar en el campamento?

Salva miró la enorme cantidad de gente a su alrededor y miró tan lejos como pudo. Sintió que se le encogía el corazón, pero apretó las manos hasta convertirlas en puños y se hizo una promesa.

*Si están aquí, los encontraré.*

Después de tantas semanas de caminata, a Salva le parecía extraño permanecer en un lugar. Durante aquella larga y terrible travesía, encontrar un lugar seguro para detenerse y permanecer un tiempo había sido algo de vital importancia. Ahora que estaba en el campamento, se sentía inquieto, como si tuviera que comenzar a caminar otra vez.

El campamento estaba a salvo de la guerra. No había hombres con armas o machetes. No los sobrevolaban aviones con bombas. La noche de su primer día, Salva recibió un tazón con maíz cocido y otro a la mañana siguiente. Al menos aquí la situación era mejor de lo que había sido durante la caminata.

El segundo día a la tarde, lentamente, Salva se abrió paso entre la multitud. De repente, se encontró parado cerca de la puerta que era la entrada principal del campamento; observó cómo llegaban los nuevos. El campamento parecía no poder albergar a nadie más, pero seguían llegando: largas filas de personas, algunas raquíticas, algunas heridas o enfermas, todas exhaustas.

Mientras Salva examinaba los rostros, un destello naranja llamó su atención.

*Naranja... una pañoleta naranja...*

Comenzó a empujar y a abrirse paso entre la gente con dificultad. Alguien protestó, enojado, pero Salva no se detuvo a pedir disculpas. Todavía podía ver el punto naranja brillante, era una pañoleta. La mujer estaba de espaldas a él, pero era alta, igual que su madre. Debía alcanzarla, pero había mucha gente en el camino.

Un sollozo débil se escapó de los labios de Salva. ¡No debía perder su rastro!

# CAPÍTULO DOCE

## Sur de Sudán, 2009

Una jirafa de hierro.

Una jirafa roja que hacía ruidos muy fuertes.

La jirafa era una perforadora alta que habían llevado a la aldea los dos hombres que habían estado antes. Habían regresado con un grupo de diez hombres y dos camiones: uno transportaba la perforadora-jirafa y misteriosos equipos, y el otro estaba cargado con tubos de plástico. Mientras tanto, se seguía despejando el área.

La madre de Nya sujetó el bebé a su espalda y caminó con otras mujeres hasta un lugar entre la aldea y el estanque. Juntaron pilas de rocas y piedras, y con telas gruesas las ataron formando bultos. Llevaron los bultos sobre la cabeza en equilibrio, regresaron al sitio de perforación y dejaron las rocas en el suelo.

Otros aldeanos, con herramientas prestadas por los visitantes, molían las rocas para convertirlas en gravilla. Se necesitaría mucha gravilla. Nya no sabía por qué. Día a día, las pilas de gravilla aumentaban.

El estruendo de la maquinaria y el martillo recibían a

Nya cada vez que volvía del estanque: ruidos desconocidos que se mezclaban con las voces de los hombres que gritaban y de las mujeres que cantaban. Era el sonido de personas trabajando arduamente, juntas.

Pero no sonaba en absoluto como el agua.

*Campamento de refugiados de Itang,*

*Etiopía, 1985*

❀

"¡Madre! ¡Madre, por favor!".

Salva abrió la boca para llamar otra vez, pero las palabras no salieron de su garganta. Cerró la boca, bajó la cabeza y se dio vuelta.

La mujer de la pañoleta naranja no era su madre. Estaba seguro, a pesar de que ella todavía estaba lejos y él no había visto su cara.

Volvieron a él las palabras del tío: "*La aldea de Loun-Ariik fue atacada... incendiada. Pocos sobrevivieron... nadie sabe dónde están*".

Justo antes de llamar a la mujer por segunda vez, Salva comprendió lo que realmente había querido decir su tío, algo que Salva sabía, en el fondo de su corazón, desde hacía tiempo: su familia había desaparecido. Habían sido asesinados por las balas o las bombas, por el hambre o por la enfermedad... no importaba cómo. Lo que importaba era que ahora Salva estaba solo.

Se sentía como si estuviera parado al borde de un pozo gigante, un pozo lleno de la terrible desesperación de la nada.

*Ahora estoy solo.*

*Soy lo único que queda de mi familia.*

Su padre, que había enviado a Salva a la escuela, que le había traído obsequios como mangos, que le había confiado su ganado... Su madre, siempre esperándolo con comida y leche, y su suave mano que palmeaba la cabeza de Salva... Sus hermanos y hermanas, con quienes había reído y jugado y a quienes había cuidado... Nunca más los vería.

*¿Cómo puedo continuar sin ellos? Pero... ¿cómo no continuar? Ellos querrían que sobreviviera, que creciera, que hiciera algo de mi vida... que honrara su recuerdo.*

¿Qué había dicho el tío aquel terrible primer día en el desierto? *"¿Ves esos arbustos? Solo debes ir hasta esos arbustos..."*.

El tío lo había ayudado a atravesar el desierto de esa manera, poquito a poco, paso a paso. Tal vez... tal vez Salva podía vivir en el campamento de la misma manera.

*Solo tengo que poder superar este día,* se dijo.

*Este día y nada más.*

Si alguien le hubiera dicho a Salva que viviría en el campamento *seis años*, no lo habría creído.

*Seis años después: julio de 1991*

❦

"Van a cerrar el campamento. Todo el mundo deberá partir".

"Es imposible. ¿A dónde iremos?".

"Es lo que están diciendo. No solo este campamento. Todos".

El rumor se esparció por el campamento. Todos estaban inquietos. Con el correr de los días, la inquietud se convirtió en miedo.

Salva tenía casi diecisiete años ahora, ya era un joven. Intentó obtener toda la información que pudo sobre los rumores hablando con los trabajadores humanitarios del campamento. Ellos le dijeron que estaba por caer el gobierno de Etiopía. Los campamentos de refugiados eran manejados por grupos de ayuda del extranjero, pero el gobierno era el que los permitía operar. Si el gobierno caía, ¿qué harían los nuevos gobernantes con los campamentos?

Cuando llegó la respuesta, nadie estaba preparado.

Una mañana lluviosa, mientras Salva caminaba a la carpa escolar, empezaron a llegar largas filas de camiones. De los camiones descendieron cantidades de soldados armados y ordenaron a todos que se fueran.

Las órdenes no eran solo desalojar el campamento, sino también abandonar Etiopía.

De inmediato estalló el caos. Era como si las personas hubieran dejado de ser personas y se hubieran convertido en una enorme manada de criaturas de dos piernas, aterrorizadas, saliendo en estampida.

Salva se vio arrastrado por la marea humana. Sus pies casi no tocaban el piso mientras era arrastrado por las miles de personas que corrían y gritaban. La lluvia, que caía en forma torrencial, aumentaba el tumulto.

Los soldados disparaban al aire con sus armas y obligaban a las personas a salir del campamento, pero cuando pasaban la zona que rodeaba al campamento, los soldados continuaban empujándolos, gritando y disparando.

Mientras corría, Salva escuchaba fragmentos de conversaciones.

"El río".

"¡Nos están persiguiendo en dirección al río!".

Salva sabía a qué río se referían: al río Gilo, en la frontera entre Etiopía y Sudán.

*Nos están empujando de vuelta a Sudán*, pensó Salva. *Nos obligarán a cruzar el río...*

Era la temporada de las lluvias. Alimentada por las lluvias, la corriente del Gilo sería despiadada.

El Gilo era conocido por otra cosa, además.

Cocodrilos.

# CAPÍTULO TRECE

*Sur de Sudán*, 2009

Nya pensó que era curioso: se necesitaba agua para encontrar agua. El agua debía fluir de manera constante en el pozo de perforación para que la perforadora se mantuviera funcionando.

El grupo iba y venía en camión hasta el estanque varias veces por día. El agua del estanque era vertida en lo que parecía una bolsa de plástico gigante, una bolsa lo suficientemente grande como para llenar por completo la base del camión.

En la bolsa apareció una filtración. La filtración tuvo que ser emparchada.

En el parche apareció una filtración. El equipo le puso un parche al parche.

Entonces, apareció otra filtración en la bolsa. No se podía continuar con la perforación.

El equipo de perforación se desanimó con las filtraciones. Querían dejar de trabajar, pero su jefe logró que continuaran. Todos los trabajadores tenían los mismos trajes azules, sin embargo, Nya sabía cuál era el jefe. Era uno de los dos hombres que habían llegado primero al pueblo. El otro hombre parecía ser su asistente principal.

El jefe alentaba a los trabajadores, y reía y bromeaba con ellos. Si eso no funcionaba, les hablaba de manera directa e intentaba convencerlos. Si eso tampoco funcionaba, se enojaba.

No se enojaba a menudo. Él seguía trabajando, y también lograba que los otros siguieran trabajando.

Emparcharon nuevamente la bolsa. Continuó la perforación.

*Etiopía — Sudán — Kenia, 1991–1992*

❦

Cientos de personas bordeaban la orilla del río. Los soldados obligaban a algunos a tirarse al agua, empujándolos con la culata de sus rifles, disparando al aire.

Otros, asustados por los soldados y las armas, saltaban al agua por su cuenta. De inmediato, eran arrastrados por la poderosa corriente.

Mientras Salva estaba agazapado en la orilla observando, un joven que estaba cerca de él saltó al agua. La corriente lo empujaba hacia abajo, pero a pesar de ello, estaba logrando cruzar el río.

En ese momento, Salva vio el rápido movimiento de la cola de un cocodrilo que descendía al agua cerca del joven. Unos momentos después, la cabeza del joven se sacudió de una manera extraña, una vez, dos veces. Tenía la boca abierta. Tal vez gritaba, pero Salva no podía oírlo por el ruido de la multitud y la lluvia... Un instante más tarde, el joven fue arrastrado hacia abajo.

Una mancha roja tiñó el agua.

La lluvia continuaba cayendo a raudales; ahora, además, caían balas. Los soldados comenzaron a disparar al río, apuntando con sus armas a las personas que intentaban cruzar.

*¿Por qué? ¿Por qué nos disparan?*

Salva no tuvo otra opción. Saltó al agua y comenzó a nadar. Un niño que estaba a su lado lo tomó del cuello y se aferró a él con fuerza. Salva se vio sumergido sin tener tiempo más que para tomar una bocanada de aire breve y débil.

Salva luchaba, pateaba, arañaba. *Se está aferrando a mí con demasiada fuerza... No puedo... aire... no queda más aire...*

De pronto, el niño aflojó la presión y Salva se lanzó hacia arriba. Echó la cabeza hacia atrás y tomó una gran bocanada de aire. Por unos instantes, no pudo hacer más que respirar agitado, ahogándose.

Cuando se aclaró su visión, vio por qué se había soltado el niño: estaba flotando cabeza abajo, una corriente de sangre salía de un hueco de bala que tenía en la nuca.

Aturdido, Salva comprendió que haberse visto obligado a sumergirse posiblemente le había salvado la vida, pero no tenía tiempo para asombrarse. Más cocodrilos se lanzaban desde las orillas. La lluvia, la corriente enloquecida, las balas, los cocodrilos, la confusión de piernas y brazos, los gritos, la sangre... Tenía que cruzar de alguna manera.

Salva nunca supo cuánto tiempo estuvo en el agua.

Parecieron horas.

Parecieron años.

Cuando por fin las puntas de sus pies tocaron el lodo, hizo más fuerza con sus extremidades para nadar por última vez. Se arrastró hasta la orilla y se desplomó. Se quedó allí, en el lodo, tosiendo y luchando por respirar.

Más adelante, se enteraría de que aquel día habían muerto al menos mil personas al intentar cruzar el río. Habían muerto ahogadas, fusiladas o atacadas por los cocodrilos.

¿Cómo podía ser que no fuera uno de esos mil? ¿Por qué había sido uno de los afortunados?

Reanudaron la marcha. Caminar... pero ¿hacia dónde?

Nadie tenía certeza de nada. ¿A dónde debía ir Salva?

A *su casa, no. Todavía hay guerra en todo Sudán.*

*Tampoco a Etiopía. Los soldados nos dispararían.*

*Kenia. Se supone que hay campamentos de refugiados en Kenia.*

Salva tomó una decisión. Caminaría hacia el sur, hacia Kenia. No sabía qué encontraría allí, pero parecía su mejor opción.

Una multitud de niños lo siguió. Nadie hablaba sobre el tema, pero al final del primer día, Salva se había convertido en el líder de un grupo de unos mil quinientos niños. Incluso había niños de cinco años.

Esos pequeños le recordaban a Salva a su hermano Kuol. Entonces tuvo un pensamiento que lo asombró. *Kuol ya no tiene esa edad, ¡ahora es un adolescente!* Salva cayó en la cuenta de que solo podía pensar en sus hermanos y hermanas tal como eran la última vez que los había visto, no en como serían ahora.

Viajaban a través de una zona de Sudán que todavía estaba tomada por la guerra. Las luchas y los bombardeos eran peores durante el día por lo que Salva decidió que el grupo se ocultara mientras estuviera el sol. Caminarían de noche.

Pero en la oscuridad, era difícil saber, con certeza, si iban en la dirección correcta. A veces, los niños viajaban durante días y de pronto comprendían que habían hecho un gran círculo. Esto pasó tantas veces que Salva perdió la cuenta. Se encontraron con otros grupos de niños. Todos marchaban hacia el sur. Cada grupo traía historias de peligros tremendos: niños que habían sido lastimados o asesinados por balas o bombas, atacados por animales salvajes o abandonados porque eran muy débiles o porque estaban muy enfermos para continuar la marcha.

Cuando Salva escuchaba las historias, pensaba en Marial. Sintió que su convicción interior crecía, igual que había ocurrido en los días luego de la muerte del tío.

*Me encargaré de que lleguemos seguros a Kenia*, pensó. *No importa cuán difícil sea.*

Organizó al grupo dando a cada cual un trabajo: buscar comida, juntar leña, hacer guardia mientras el grupo dormía. Toda el agua y la comida que encontraban eran compartidas por todos en partes iguales. Cuando los niños más pequeños estaban muy cansados de caminar, los niños más grandes se turnaban para llevarlos en la espalda.

A veces, algunos de los niños no querían hacer su trabajo. Salva les hablaba, los alentaba, los convencía y los persuadía. Cada tanto, era necesario hablarles con dureza, e incluso gritar. Pero intentaba no hacerlo muy a menudo.

Era como si la familia de Salva lo estuviera ayudando, a pesar de no estar ahí. Él recordaba cómo había cuidado a su pequeño hermano, Kuol, pero también sabía lo que era tener que escuchar a los mayores, Ariik y Ring. También recordaba la calidez de sus hermanas, la fuerza de su padre, el afecto de su madre.

En especial, recordaba cómo el tío lo había alentado en el desierto.

*Paso a paso... Vive el presente. Solo hoy, solo hay que poder superar este día...*

Salva se decía esto a diario. También se los decía a los niños del grupo.

Y así, paso a paso, el grupo llegó a Kenia.

Más de mil doscientos niños llegaron a salvo.

Les llevó un año y medio.

# CAPÍTULO CATORCE

## *Sur de Sudán, 2009*

Durante tres días, el sonido de la perforadora rodeó la casa de Nya. En la tercera tarde, Nya se unió a los otros niños reunidos alrededor de la zona de perforación. Los adultos suspendieron por un momento su tarea de golpear rocas y se acercaron también.

Los trabajadores parecían entusiasmados. Se movían rápido mientras el líder daba órdenes. Entonces...

*¡SPLASH!*

¡Un chorro de agua se elevó alto en el aire!

No era el agua que los trabajadores habían estado vertiendo al pozo. ¡Era agua nueva, agua que surgía del pozo!

Todos festejaron al ver el agua. Todos rieron al ver a los dos trabajadores que estaban operando la perforadora. Estaban empapados, su ropa estaba completamente empapada.

Una mujer entre la multitud comenzó a cantar una canción para celebrar. Nya acompañaba con las palmas junto a los otros niños. Sin embargo, al ver el agua que salía del pozo, Nya frunció el ceño.

El agua no era transparente. Era marrón y se veía densa. Estaba llena de lodo.

*Campamento de refugiados de Kenia, 1992–1996*

❀

Salva tenía ahora veintidós años. En los últimos cinco años había vivido en campamentos de refugiados en el norte de Kenia: primero en el campamento de Kakuma y luego en Ifo.

Kakuma había sido un lugar aterrador, aislado en el medio de un desierto seco y ventoso. El campamento estaba cercado por altas vallas con alambre de púa. No se podía abandonar el lugar, a menos que fuera para siempre. Era casi como estar en una cárcel.

En Kakuma, vivían setenta mil personas. Algunos decían que más, ochenta o noventa mil. Había familias que habían logrado escapar juntas, pero, al igual que en Etiopía, la mayoría de los refugiados eran niños y jóvenes huérfanos.

A la gente que vivía en la zona no le gustaba tener un campamento de refugiados cerca. A menudo se escabullían y les robaban a los refugiados. A veces había peleas y algunas personas resultaban heridas o asesinadas.

Después de dos años de miseria en Kakuma, Salva decidió abandonar el campamento. Había oído hablar sobre otro campamento de refugiados, lejos, hacia el suroeste, en donde esperaba que las cosas fueran mejores.

Nuevamente, Salva y algunos jóvenes caminaron durante meses. Cuando llegaron al campamento de Ifo, encontraron que las cosas no eran diferentes a Kakuma. Todo el mundo tenía hambre siempre, y nunca había suficiente comida. Muchos estaban enfermos o se habían lesionado durante las largas y terribles jornadas previas a llegar al campamento. Los pocos médicos voluntarios que había no podían ocuparse de todos los que necesitaban ayuda. Salva se sentía afortunado; al menos, tenía buena salud.

Estaba muy ansioso por trabajar, ganar algo de dinero para poder comprar más comida. Incluso soñaba con ahorrar algo de dinero para, algún día, poder dejar el campamento y continuar con su educación de alguna manera.

Pero no había trabajo. No había nada que hacer más que esperar. Esperar la próxima comida, las noticias del mundo exterior, fuera del campamento... Los días eran largos y vacíos. Se convirtieron en semanas, luego meses, luego años.

Era difícil mantener la esperanza cuando se tiene tan poco para alimentarla.


Michael era un trabajador humanitario, un voluntario, de un país llamado Irlanda. Salva había conocido a muchos trabajadores humanitarios. Venían y se iban, se quedaban en el campamento durante semanas o, como mucho, durante meses. Estos voluntarios venían de muchos países, pero solían hablar en inglés entre ellos. Pocos refugiados hablaban inglés, por lo que la comunicación con los voluntarios solía ser difícil.

Después de tantos años en los campamentos, Salva podía entender un poco de inglés. Incluso trataba de hablarlo, de vez en cuando, y Michael casi siempre parecía entender lo que Salva intentaba decir.

Un día después del desayuno, Michael habló con Salva. "Parece que te interesa aprender inglés", dijo. "¿Te gustaría aprender a leerlo?".

Las clases comenzaron ese mismo día. Michael escribió tres letras en un pequeño trozo de papel.

"A, B, C", dijo, y le entregó el papel a Salva.

"A, B, C", repitió Salva.

Durante el resto del día, Salva repitió: "A, B, C", a veces para sus adentros, a veces en voz baja. Miró el papel unas cien veces y practicó dibujar las letras en la tierra con una rama, una y otra vez.

Salva recordaba que había aprendido a leer árabe cuando era niño. El alfabeto árabe tenía veintiocho letras; el inglés, solo veintiséis. En inglés, las letras se mantenían separadas, lo que hacía más fácil distinguirlas. En las palabras árabes, las letras siempre se unen, y una letra puede ser diferente según lo que viene antes o después.

"La verdad, lo estás haciendo muy bien", dijo Michael el día que Salva aprendió a escribir su propio nombre. "Aprendes rápido porque te esfuerzas mucho".

Salva no dijo lo que estaba pensando: se esforzaba mucho porque quería aprender a leer inglés antes de que Michael se fuera del campamento. Salva no sabía si otros voluntarios se tomarían el tiempo para enseñarle.

"Pero cada tanto es bueno descansar. Hagamos algo diferente para variar. Creo que serás bueno en esto... eres alto".

Así, Salva aprendió dos cosas de Michael, a leer y a jugar al voleibol.

\* \* \*

Un rumor comenzó a extenderse por el campamento. Comenzó como un murmullo, pero pronto Salva sintió como si fuera un rugido en sus oídos. No podía pensar en otra cosa.

Estados Unidos.

Estados Unidos de América.

El rumor era que unos tres mil niños y jóvenes de los campamentos de refugiados iban a ser elegidos para vivir en Estados Unidos.

Salva no podía creerlo. ¿Cómo podía ser? ¿Cómo llegarían allí? ¿Dónde vivirían? Seguramente era imposible...

Sin embargo, tras unos días, los trabajadores humanitarios confirmaron la noticia.

Todos hablaban solo de eso.

"Solamente quieren personas sanas. Si estás enfermo, no te elegirán".

"No te llevarán si alguna vez has sido soldado de los rebeldes".

"Solo eligen huérfanos. Si tienes familia, debes quedarte aquí".

Pasaron semanas, luego meses. Un día publicaron un anuncio en el puesto de administración del campamento. Era una lista de nombres. Si tu nombre estaba en la lista, significaba que habías sido elegido para el siguiente paso: la entrevista. Luego de la entrevista, podrías ir a Estados Unidos.

El nombre de Salva no estaba en la lista.

Tampoco en la siguiente lista, ni en la que le siguió.

Muchos de los niños elegidos eran más jóvenes que Salva. *Quizás en Estados Unidos no quieren personas grandes,* pensaba.

Cada vez que publicaban una lista, el corazón de Salva latía fuerte mientras leía los nombres. Intentaba no perder la esperanza. Al mismo tiempo, intentaba no tener demasiadas esperanzas.

A veces se sentía dividido entre la esperanza y la desesperanza.

Una tarde ventosa, Michael fue corriendo a la carpa de Salva.

"¡Salva! ¡Ven rápido! ¡Tu nombre está en la lista de hoy!".

Salva se puso de pie de un salto y ya estaba corriendo antes de que su amigo terminara de hablar. Cuando se acercó al puesto de administración, se detuvo e intentó recuperar el aliento.

*Podría haberse equivocado. Podría haber otra persona lla-*

mada Salva. *No miraré de golpe... De lejos podría ver un nombre parecido al mío, tengo que estar seguro.*

Salva se abrió paso a través de la multitud hasta que estuvo frente a la lista. Alzó la cabeza lentamente y comenzó a leer los nombres.

Allí estaba.

*Salva Dut* — *Rochester, Nueva York.*

Salva iba a Nueva York.

¡Iba a Estados Unidos!

# CAPÍTULO QUINCE

## *Sur de Sudán*, 2009

A pesar de que el agua que salía del pozo era marrón y turbia, algunos de los niños querían beber agua de inmediato. Sus madres los detuvieron. Los hombres siguieron trabajando con la perforadora. Su líder habló con el tío y el padre de Nya, y con algunos otros hombres de la aldea.

Luego, Dep explicó a Nya. "No te preocupes", dijo. "El agua es pantanosa porque todavía está mezclada con el agua vieja del estanque que ellos estaban usando. Tienen que perforar más profundo para poder alcanzar el agua limpia que se encuentra muy por debajo del suelo. Luego, deben poner las tuberías y hacer los cimientos con la gravilla, luego instalar la bomba y cubrirla con cemento. Además, el cemento debe secar".

Llevaría todavía unos días antes de que pudieran tomar el agua, dijo Dep.

Nya suspiró y recogió el gran bidón de plástico. Otra caminata más hasta el estanque.

Los Niños Perdidos.

Así llamaban en Estados Unidos a los niños que habían perdido sus hogares y sus familias debido a la guerra, y que habían caminado durante semanas o meses hasta llegar a los campamentos de refugiados.

La trabajadora humanitaria les explicó esto a Salva y a los ocho niños que viajarían con él. La mujer hablaba principalmente en inglés. A veces, decía una palabra o dos en árabe, pero no lo hablaba bien. Ella hacía su mayor esfuerzo por hablar lentamente, pero tenía mucho que decirles, y Salva estaba preocupado: no quería perderse nada importante.

Viajaron en camión desde el campamento de refugiados de Ifo hasta un centro de procesamiento en Nairobi, capital de Kenia. Era necesario llenar una infinidad de formularios. Les tomaron fotos. Les hicieron exámenes médicos. Todo era confuso para Salva: estaba demasiado ansioso como para dormir y, por ese motivo, muy cansado como para entender todo lo que estaba pasando.

Pero hubo un momento que sí fue claro: cuando le entregaron ropa nueva. En el campamento, había usado un par de pantalones viejos y una camiseta aún más vieja. Los había cuidado lo mejor que había podido, pero la camiseta tenía agujeros y la pretina de los pantalones se había estirado y estaba deshilachada. Los voluntarios del campamento les daban ropa cuando llegaban las donaciones, pero nunca había suficiente ropa para los que la necesitaban.

Ahora Salva sostenía en sus brazos una pila de ropa nueva. Ropa interior, calcetines, zapatos deportivos. Pantalones largos. Una camiseta y una camisa de manga larga para usar encima. ¡Y tenía que usar *toda* esta ropa al mismo tiempo!

"Es invierno en Estados Unidos", dijo la voluntaria.

"¿Invierno?", repitió Salva.

"Sí. Hace mucho frío. Les darán más ropa en Nueva York".

*¿Más ropa?* Salva sacudió la cabeza. *¿Cómo podría usar más ropa?*


Salva no podía creer lo que veía cuando subió al avión en Nairobi. Cada persona tenía un asiento, y todos tenían equipaje. Con toda esa gente, cientos de sillas mullidas, todo ese equipaje, ¿cómo podría despegar el avión?

De alguna manera, lo hizo. No como un pájaro que alza vuelo ligeramente con un rápido aleteo, sino con chillidos y rugidos de sus motores mientras el avión se movía con pesadez por la pista, como si tuviera que esforzarse al máximo para elevarse.

Una vez que el avión ya estuvo en el aire, Salva miró hacia afuera por la pequeña ventana. El mundo era enorme, sin embargo, todo lo que había en él era tan pequeño... Gigantes bosques y desiertos de pronto se convertían en parches verdes y marrones. Los automóviles se arrastraban por las calles como hormigas, en una fila. Había gente allí abajo, miles de personas, pero no podía ver a ninguna.

"¿Desea algo para beber?".

Salva alzó la mirada y vio a la mujer con un uniforme pulcro; sacudió la cabeza para indicar que no había entendido. Ella sonrió. "¿Coca-Cola? ¿Jugo de naranja?".

¡Coca-Cola! Hacía mucho tiempo, el padre de Salva había traído unas botellas de Coca-Cola de su viaje al mercado. Lo primero que había sentido Salva había sido sorprendente, todas esas burbujas jugueteaban en su boca. Qué obsequio raro le había dado.

"Coca-Cola, gracias", dijo Salva. Y con cada sorbo que daba, recordaba a su familia pasándose las botellas de mano en mano, riendo por el cosquilleo de las burbujas, compartiendo el momento y riendo juntos...

\* \* \*

El viaje hacia el nuevo hogar de Salva requirió no uno, no dos, sino *tres* vuelos. El primer vuelo fue de Nairobi hasta Fráncfort, en un país llamado Alemania. Aterrizó con un ruido impresionante, luego frenó con tanta fuerza que Salva se fue hacia adelante en su asiento; la correa que tenía puesta lo sujetó con fuerza. Tomó un segundo avión de Fráncfort a Nueva York. También aterrizó de manera abrupta, pero esta vez Salva estaba preparado y se aferró a los apoyabrazos.

En la ciudad de Nueva York, la trabajadora humanitaria condujo a los niños a distintas puertas de embarque. Algunos harían el último tramo de su viaje solos. Otros, en grupos de dos o tres. Salva era el único que iba a Rochester. La voluntaria dijo que allí lo esperaría su nueva familia.

En el avión a Rochester, la mayoría de los pasajeros eran hombres que viajaban solos, pero también había algunas mujeres, y unas pocas familias: madres y padres con sus hijos. La mayoría eran blancos. Desde el aeropuerto en Fráncfort, Salva había visto más personas blancas en las últimas horas que en toda su vida.

Intentaba no mirarlas fijamente, pero no podía evitar analizar las familias con atención. Pensaba una y otra vez en lo mismo.

¿Y si mi nueva familia no está allí? ¿Y si cambiaron de opinión? ¿Y si me conocen y no les agrado?

Salva respiró hondo. *Paso a paso*, se recordó a sí mismo. *Por ahora, solo debía poder superar este vuelo...*

El avión aterrizó por fin, sus ruedas chirriando mientras Salva se aferraba a los apoyabrazos y se preparaba para lo que seguía.

Allí estaban, sonriendo y saludando en el *lobby* del aeropuerto... ¡su nueva familia! Chris, el padre; Louise, la madre, y sus cuatro hijos. Salva tendría hermanos, como antes. Sintió que sus hombros se relajaban un poco al ver sus sonrisas entusiasmadas.

Salva dijo "hola" y "gracias" muchas veces. Con el cansancio y la confusión que sentía, eran las únicas palabras de las cuales estaba seguro. No lograba entender a nadie, en especial a Louise, quien hablaba tan rápido que al principio Salva no estaba seguro de que ella hablara inglés.

Y sí, tenían *más* ropa para él. Una gran chaqueta inflada, un gorro, una bufanda, guantes. Se puso la chaqueta y se subió la cremallera. Las mangas eran tan voluminosas que sentía que no podía mover bien los brazos. Se preguntó si se vería como un tonto ahora, con el cuerpo y los brazos tan gruesos y las piernas tan delgadas. Pero nadie de la familia se rio de él, y pronto notó que todos usaban el mismo tipo de chaqueta.

Las puertas de vidrio del aeropuerto se abrieron. El aire helado golpeó el rostro de Salva como una bofetada. ¡Jamás había sentido tanto frío! En la zona de África en donde había vivido toda su vida, la temperatura casi nunca estaba por debajo de los setenta grados Fahrenheit.

Cuando inhaló, sintió que sus pulmones iban a congelarse y a dejar de funcionar. Sin embargo, todos los que estaban a su alrededor caminaban, hablaban y se movían. Al parecer, era posible sobrevivir a una temperatura tan baja. Ahora entendía por qué necesitaba esa extraña chaqueta acolchada.

Salva se detuvo un momento dentro de la terminal. Salir del aeropuerto era como dejar atrás su vida anterior para siempre: Sudán, su aldea, su familia...

Los ojos se le llenaron de lágrimas, tal vez por el frío del aire que entraba por las puertas abiertas. Su nueva familia ya estaba afuera, se dieron vuelta y lo miraron.

Salva se sacudió las lágrimas y dio un primer paso hacia su nueva vida en Estados Unidos.

# CAPÍTULO DIECISÉIS

*Sur de Sudán, 2009*

Luego del entusiasmo de ver el primer chorro de agua, los aldeanos siguieron trabajando. Varios hombres se reunieron frente a la casa de Nya. Llevaban consigo herramientas, azadas, palas y guadañas.

Su padre salió a recibirlos. Los hombres caminaron hasta un lugar ubicado detrás del segundo gran árbol y comenzaron a despejar la zona.

Nya los observó un momento. Su padre la vio y la saludó con la mano. Ella bajó el bidón de plástico y corrió hasta él.

"Papá, ¿qué están haciendo?".

"Estamos despejando esta zona. Preparándonos para construir".

"¿Construir qué?".

El padre de Nya sonrió. "¿No lo adivinas?".

ೞ

Salva llevaba casi un mes en Rochester y no había visto ni un solo camino de tierra. A diferencia del sur de Sudán, parecía que en Estados Unidos todos los caminos estaban pavimentados. A veces, los automóviles pasaban con tanta rapidez que le sorprendía que quienes iban caminando pudieran cruzar de manera segura. Su nuevo padre, Chris, le contó que existían caminos de tierra en el campo, pero no había ninguno en el nuevo barrio de Salva.

Todos los edificios tenían electricidad. Había gente blanca por todas partes. La nieve caía del cielo durante horas, y luego permanecía en el suelo durante días. A veces, comenzaba a derretirse de día, pero antes de que desapareciera, caía más nieve. La nueva madre de Salva, Louise, le explicó que posiblemente en abril, tres meses más tarde, la nieve desaparecería por completo.

Las primeras semanas de la nueva vida de Salva fueron tan desconcertantes que se sentía agradecido de tener que asistir a clases. Las clases, en especial la clase de inglés, le daban algo en qué concentrarse, una manera de eludir la confusión al menos durante una o dos horas.

Su nueva familia también ayudaba. Todos eran amables con él, le explicaban con paciencia las millones de cosas que debía aprender.

A Salva, le había llevado cuatro días viajar desde el campamento de refugiados de Ifo hasta su nuevo hogar en Nueva York. A veces ni siquiera podía creer que seguía estando en el mismo planeta.

Ahora que Salva estaba aprendiendo más que unas pocas palabras simples, le parecía que el inglés era un idioma bastante confuso. Por ejemplo, lo que pasaba con las palabras que tenían "o-u-g-h". En las palabras *rough, though, fought, through, bough,* las mismas letras se pronunciaban de manera muy diferente. O el hecho de que una palabra debía cambiarse según la oración. Dices "pollos" para referirte a las aves vivas que caminan y graznan, pero dices "pollo", sin ese, cuando está en tu plato, listo para que lo comas. "Cenaremos pollo". Así se decía, aunque se hubieran cocinado cien pollos.

A veces, se preguntaba si algún día aprendería a hablar y a leer inglés de manera correcta. Pero lentamente, con horas de arduo trabajo durante meses y años, su inglés mejoró. Recordando a Michael, Salva también se unió a un equipo de voleibol. Era divertido jugar al voleibol, igual que lo había sido en el campamento. Marcar puntos y pegarle a una pelota era igual en cualquier idioma.

Hacía más de seis años que Salva vivía en Rochester. Iba a la universidad y había elegido estudiar negocios. Albergaba la idea de que volvería a Sudán algún día para ayudar a las personas que vivían allí.

A veces. le parecía algo imposible. En su hogar natal, había guerra y destrucción, pobreza, enfermedades y hambre... tantos problemas que no habían sido resueltos por los gobiernos, ni por los ricos ni por las grandes organizaciones de ayuda humanitaria. ¿Qué podría hacer él para ayudar? Salva pensaba en esto a menudo, pero no se le ocurría nada.

Una tarde, luego de un largo día de estudio, Salva se sentó en la computadora de la familia y abrió su correo electrónico. Se sorprendió al ver un mensaje de un primo, alguien a quien apenas conocía. El primo trabajaba para una agencia de asistencia en Zimbabue.

Salva abrió el mensaje. Sus ojos leyeron las palabras, pero al principio su cerebro no las comprendió.

"*Clínica de Naciones Unidas... tu padre... cirugía de estómago...*".

Salva leyó las palabras una y otra vez. Luego, dio un salto y corrió por la casa hasta encontrar a Chris y Louise.

"¡Mi padre!", gritó. "¡Han encontrado a mi padre!".

Luego de varios intercambios por correo electrónico, Salva se enteró de que, en verdad, su primo no lo había visto personalmente ni había hablado con su padre. La clínica en donde se estaba recuperando su padre se encontraba en una zona alejada al sur de Sudán. Allí no había servicio telefónico ni correo, no había manera de comunicarse con el personal de la clínica. El personal llevaba una lista de todos los pacientes atendidos. Estas listas eran entregadas a las agencias de ayuda de Naciones Unidas. El primo de Salva trabajaba para una de esas agencias, y había visto el nombre del padre de Salva en una lista.

Salva comenzó a planificar de inmediato su viaje a Sudán. Pero como la guerra continuaba azotando a su país, era muy difícil hacer los preparativos. Tenía que obtener permisos, completar decenas de formularios y coordinar vuelos y transporte terrestre en una región en donde no había aeropuertos ni calles.

Junto a Chris y Louise, Salva pasó horas hablando por

teléfono con distintas agencias y oficinas. Les llevó no días o semanas, sino *meses* hasta que estuvo todo preparado. No había manera de enviar un mensaje al hospital. Por momentos, Salva se desesperaba por las demoras y las frustraciones. *¿Y si mi padre deja el hospital sin decirle a nadie a dónde va? ¿Y si llego demasiado tarde? Nunca más volveré a encontrarlo...*

Finalmente, todos los formularios estuvieron completos. Los papeles estaban listos. Salva tomó un vuelo a Nueva York, otro a Ámsterdam, y un tercero a Kampala, en Uganda. En Kampala, le llevó dos días pasar la aduana y migraciones antes de poder abordar un avión más pequeño para ir a Juba, al sur de Sudán. Luego viajó en *jeep* hasta los montes por caminos de tierra llenos de polvo.

¡Qué familiar y a la vez qué diferente era todo!... Los caminos sin pavimentar, los montes cubiertos con arbustos y árboles, las chozas con techos fabricados con ramas unidas, todo, todo era tal cual Salva lo recordaba, como si se hubiera ido tan solo ayer. Al mismo tiempo, los recuerdos de su vida en Sudán eran muy lejanos. ¿Cómo podían los recuerdos parecer tan cercanos y tan distantes al mismo tiempo?

Luego de muchas horas de viajar en *jeep* dando saltos y golpes por los caminos, casi luego de una semana de un viaje agotador, Salva ingresó a la choza que servía como sala de recuperación en el improvisado hospital. Lo recibió una mujer blanca.

"Hola", dijo Salva. "Estoy buscando a un paciente llamado Mawien Dut Ariik".

# CAPÍTULO DIECISIETE

### Sur de Sudán, 2009

"¿Qué crees que estamos construyendo aquí?", preguntó el padre de Nya, sonriendo.

"¿Una casa?", arriesgó Nya. "¿Un granero?".

Su padre sacudió la cabeza. "Algo mejor", dijo. "Una escuela".

Nya abrió los ojos asombrada. La escuela más cercana estaba a medio día a pie desde su casa. Nya lo sabía porque Dep había querido ir allí, pero era muy lejos.

"¿Una escuela?", repitió Nya.

"Sí", respondió él. "Teniendo un pozo aquí, no será necesario que nadie vaya nunca más al estanque. Todos los niños podrán ir a la escuela".

Nya contempló a su padre. Abrió la boca, pero no dijo palabra. Cuando por fin pudo hablar, fue solo un susurro. "¿*Todos* los niños, papá? ¿Las niñas también?".

La sonrisa de su padre se hizo más grande. "Sí, Nya. Las niñas también", dijo. "Ahora, ve a traernos agua". Y volvió a su tarea de cortar el césped alto.

Nya volvió y recogió el bidón de plástico. Sentía como si estuviera volando.

¡Una escuela! ¡Aprendería a leer y a escribir!

*Sudán y Rochester, Nueva York, 2003–2007*

৪৪

Salva se paró frente a una de las camas de la atestada clínica.

"Hola", dijo.

"Hola", contestó el paciente con amabilidad.

"He venido a visitarlo", dijo Salva.

"¿A visitarme a mí?". El hombre frunció el ceño. "Pero ¿quién eres?".

"Usted es Mawien Dut Ariik, ¿cierto?".

"Sí, ese es mi nombre".

Salva sonrió, temblando por dentro. Si bien su padre estaba más viejo, Salva lo reconoció de inmediato. Pero era como si además de ver, necesitara escuchar las palabras de su padre antes de creer que fuera cierto.

"Soy su hijo. Soy Salva".

El hombre miró a Salva y sacudió la cabeza. "No", dijo. "No es posible".

"Sí", dijo Salva. "Soy yo, padre". Se acercó al costado de la cama.

Mawien Dut tocó el brazo de ese desconocido alto que estaba a su lado.

"¿Salva?", susurró. "¿De verdad eres tú?".

Salva esperó. Mawien Dut lo miró un largo rato. Luego exclamó, "¡Salva! ¡Hijo mío, hijo mío!".

Con el cuerpo embargado por la alegría, se estiró hasta Salva para abrazarlo con fuerza.

Habían pasado casi diecinueve años desde la última vez que se habían visto.

Mawien Dut echó unas gotas de agua sobre la cabeza de su hijo, era la manera en que los dinka bendecían a alguien que se había perdido y que había sido encontrado.

"Todos estaban seguros de que habías muerto", dijo Mawien Dut. "El pueblo propuso sacrificar una vaca en tu honor".

Así era como el pueblo de Salva hacía luto por la muerte de un ser querido.

"Les dije que no lo hicieran", dijo su padre. "Nunca perdí la esperanza de que estuvieras vivo en algún lugar".

"Y... ¿y mi madre?", preguntó Salva, sin animarse a albergar esperanzas.

Su padre sonrió. "Está en la aldea".

Salva quería reír y llorar al mismo tiempo. "¡Tengo que verla!".

Pero su padre sacudió la cabeza. "Todavía hay enfrentamientos cerca de Loun-Ariik, hijo mío. Si fueras allí, ambos grupos intentarían obligarte a combatir con ellos. No debes ir".

Tenían tantas otras cosas de qué hablar. El padre le dijo a Salva que sus hermanas estaban con su madre. De sus tres hermanos, solo Ring había sobrevivido a la guerra. Ariik, el más grande, y Kuol, el más pequeño, habían muerto.

*El pequeño Kuol*... Salva cerró los ojos un momento, intentaba imaginar a sus hermanos a través de los años y de la tristeza.

Logró saber más sobre la enfermedad de su padre. Años de beber agua contaminada habían plagado todo el aparato digestivo de Mawien Dut con gusanos de Guinea. Enfermo y débil, había caminado casi quinientos kilómetros hasta la clínica, y apenas estaba vivo cuando finalmente llegó.

Salva y su padre pasaron varios días juntos, pero demasiado pronto, llegó la hora de tener que regresar a Estados Unidos. Su padre también abandonaría pronto la clínica. La cirugía había sido exitosa, y pronto tendría la fuerza suficiente para emprender la larga marcha de regreso a casa.

"Iré a la aldea", prometió Salva, "en cuanto sea seguro hacerlo".

"Te estaremos esperando", prometió el padre a su vez.

Salva apretó su rostro con el de su padre al abrazarse en la despedida. Las lágrimas de los dos hombres cayeron y se mezclaron.


En el vuelo de regreso a Estados Unidos, Salva revivió mentalmente cada momento de la visita a su padre. Sintió de nuevo el frío en su frente cuando el padre lo había bendecido con agua.

Entonces se le ocurrió una idea: una idea de lo que podría hacer para ayudar al pueblo de Sudán.

¿Podría hacerlo? ¡Requeriría mucho trabajo! Tal vez sería muy difícil. Pero, ¿cómo saber sin intentarlo?

Cuando regresó a Rochester, Salva comenzó a trabajar en su idea. Había, según parecía, un millón de problemas para resolver. Necesitaba mucha ayuda. Chris y Louise le hicieron muchas sugerencias. Scott, un amigo de ellos, era un experto en emprender proyectos como el que Salva tenía en mente. Él y Salva trabajaron juntos durante horas y días... que se convirtieron en semanas y meses.

En el proceso, Salva conoció a otras personas que querían ayudar. Se sentía agradecido con cada una de ellas. Pero incluso con su ayuda, era mucho más trabajo de lo que había imaginado.

Salva debía recaudar fondos para el proyecto, y había solo una manera de hacerlo: tenía que hablar con personas y pedirles que le dieran dinero.

La primera vez que Salva habló en público fue en la cafetería de una escuela. Unas cien personas habían ido a escucharlo. Había un micrófono al frente del salón. A Salva le temblaban las rodillas mientras caminaba en dirección al micrófono. Sabía que su inglés todavía no era muy bueno. ¿Y si se equivocaba al pronunciar? ¿Y si el público no le entendía?

Pero debía hacerlo. Si no hablaba sobre el proyecto, nadie se informaría sobre él. Nadie donaría dinero, y nunca podría realizarlo.

Salva habló al micrófono. "Ho-ho-hola", dijo.

En ese momento, hubo una falla en el sistema de sonido. Los altavoces que estaban detrás de él emitieron un chirrido muy agudo. Salva dio un salto y por poco se le cae el micrófono.

Con las manos temblorosas, miró al público. Las personas sonreían o reían por lo bajo. Algunos niños se tapaban las orejas. Todos parecían muy amables, y al ver a los niños, recordó que no era la primera vez que hablaba frente a un gran grupo de personas.

Años atrás, cuando había guiado a los niños en su marcha desde el campamento de refugiados de Etiopía hasta uno en Kenia, él convocaba una reunión cada mañana y cada tarde. Los niños se paraban en fila frente a él, y él les contaba los planes.

Tantas miradas puestas sobre él... Cada rostro mostraba interés en lo que él tenía para decir. Aquí era lo mismo. El público había ido a la cafetería de la escuela porque querían escucharlo. Al pensar en eso se sintió mejor, y habló nuevamente al micrófono.

"Hola", repitió, y esta vez solo su voz salió de los altavoces. Sonrió con alivio y continuó. "Estoy aquí para hablarles sobre un proyecto para el sur de Sudán".


Pasó un año, luego dos... luego tres. Salva habló frente a cientos de personas, en iglesias, en organizaciones cívicas, en escuelas. ¿Lograría alguna vez convertir su idea en realidad? Cada vez que perdía las esperanzas, Salva respiraba hondo y pensaba en las palabras de su tío.

*Paso a paso.*

*Un problema por vez, resolvamos tan solo este problema.*

Paso a paso, resolviendo un problema por vez, Salva avanzó hacia la meta.

# CAPÍTULO DIECIOCHO

*Sur de Sudán,* 2009

Nya aguardaba su turno en la fila. Sostenía una botella de plástico.

Por fin, habían terminado el pozo. Habían colocado la gravilla para hacer los cimientos, se había instalado la bomba y se había vertido el cemento para luego dejarlo secar.

Antes de usar por primera vez la bomba, la gente de la aldea se reunió a su alrededor. El líder de los trabajadores alzó un gran cartel hecho con lienzo azul. El cartel tenía algo escrito. Estaba escrito en inglés, pero el líder habló con el tío de Nya, y el tío les dijo a todos lo que decía el cartel.

"'En reconocimiento a la Escuela Elm Street'", dijo el tío. "Este es el nombre de una escuela de Estados Unidos. Los alumnos de esa escuela recaudaron el dinero para que se cavara este pozo".

El tío sostuvo uno de los extremos del cartel; el líder de los trabajadores, el otro. Todos se pararon alrededor, y uno de los trabajadores tomó una fotografía. Enviarían la foto a la escuela estadounidense para que los alumnos pudieran ver el pozo y a las personas que lo usarían.

Luego los pobladores de la aldea hicieron fila para esperar su turno para probar el agua del nuevo pozo.

Cuando Nya llegó al primer lugar de la fila, sonrió con timidez a su tío, quien hizo una pausa en su trabajo y le sonrió también. Entonces comenzó a mover la palanca de la bomba. Arriba, abajo, arriba, abajo...

Un chorro de agua salió por la boca de la bomba.

Nya colocó la botella debajo de la boca de la bomba. La botella se llenó rápidamente.

Se hizo a un lado para que la siguiente persona llenara su botella. Entonces, bebió.

El agua era deliciosa. No era caliente ni turbia, como el agua del estanque. Era fresca y limpia.

Nya dejó de beber y alzó la botella para poder mirarla. Era curioso que algo sin color pudiera ser tan bonito.

Dio unos sorbos más, luego miró alrededor.

Todos tenían una botella o una taza. Bebían su preciada agua, o esperaban en la fila para obtener más, o hablaban y reían. Era una fiesta.

Un anciano parado no muy lejos de Nya sacudió la cabeza. En voz alta, dijo: "Aquí es donde nos reuníamos para hacer nuestros festejos alrededor de la fogata. Me he sentado en este suelo durante toda mi vida. ¡Todos estos años sin saber que estaba sentado sobre esta bendita agua!".

Todos los que lo rodeaban rieron. Nya también rio.

En unos días, la escuela estaría terminada. Nya, Dep y Akeer irían al colegio, con los otros niños. Al año siguiente, habría un mercado en donde los aldeanos podrían vender y comprar verduras y pollos, además de otros productos. Incluso se decía que un día habría una clínica, una clínica médica para que no tuvieran que caminar tan lejos para obtener ayuda como tuvieron que hacer cuando Akeer se enfermó.

Era el pozo el que traía a la aldea todas estas cosas buenas.

Pero el pozo no era para que lo usaran solamente ellos. Vendrían personas que vivían a kilómetros de distancia para obtener agua limpia. Nya lo sabía porque había escuchado a los adultos contar que el líder del equipo había dejado muchas disposiciones con respecto al pozo. Jamás se debería negar el agua a alguien. Algunos aldeanos serían los responsables por el mantenimiento del pozo. El nuevo trabajo los mantendría ocupados, por lo que la aldea los ayudaría con sus cultivos y ganado. Otros aldeanos, entre ellos el tío de Nya, resolverían cualquier disputa que surgiera.

El pozo cambiaría sus vidas en muchos sentidos.

*Nunca más tendré que caminar hasta el estanque en busca de agua*, pensó Nya.

Dio unas vueltas, tomando sorbos de su agua fresca y limpia. Entonces vio al líder del equipo. Estaba de pie solo, apoyado contra uno de los camiones y observando a su tío que trabajaba en la bomba.

Dep la vio mirando al hombre.

"Ese hombre, el jefe de los trabajadores", dijo Dep. "¿Sabes que es dinka?".

Nya miró a Dep con asombro.

Los dinka y los nuer no eran muy distintos físicamente. Era necesario mirar el tipo de cicatrices en los rostros para distinguir las tribus: las marcas de las cicatrices dinka eran diferentes de las de los nuer.

Pero el líder del equipo no tenía cicatrices en el rostro. Nya había escuchado a los jóvenes hablando sobre eso. Se preguntaban por qué no tenía cicatrices a pesar de que era, evidentemente, un hombre adulto. El asistente del líder era nuer. También lo era la mayor parte del equipo, todos tenían cicatrices nuer. Nya no había pensado demasiado en ello, pero ahora se daba cuenta de que siempre había supuesto que el líder también era nuer.

Los dinka y los nuer eran enemigos, así había sido durante cientos de años.

"¿Por qué un dinka nos traería agua a nosotros?", se preguntó en voz alta.

"Escuché al tío y a papá hablando sobre él", dijo Dep.

"Él ha perforado muchos pozos para su gente. Este año decidió hacer un pozo para los nuer también".

Dep no había respondido del todo la pregunta de Nya. *Probablemente no sabe la respuesta*, pensó ella. Nya sintió que debía hacer algo.

Caminó hasta donde estaba el hombre. Él no notó su presencia al principio, por lo que ella esperó en silencio.

Entonces, la vio. "Hola", dijo él.

Nya sintió de pronto mucha vergüenza. Por un momento, pensó que no podría hablar. Miró hacia el suelo, luego hacia el chorro de agua que todavía salía de la boca de la bomba.

Y consiguió hablar. "Gracias", dijo, y lo miró con determinación. "Gracias por traernos el agua".

El hombre sonrió. "¿Cómo te llamas?", preguntó.

"Me llamo Nya".

"Es un gusto conocerte, Nya", dijo. "Mi nombre es Salva".

Este libro está basado en la verdadera historia de mi vida. Espero que gracias a él más gente se informe sobre los Niños Perdidos y sobre Sudán.

Nací en una pequeña aldea llamada Loun-Ariik, en el condado de Tonj, al sur de Sudán. Tal como lo relata el libro, viví en campamentos de refugiados en Etiopía y Kenia durante muchos años antes de venir a Estados Unidos.

Debo agradecer a muchas excelentes personas. Las Naciones Unidas y la Cruz Roja Internacional me mantuvieron con vida cuando estuve en peligro de morir de hambre. La familia Moore, la Iglesia Episcopal de San Pablo y la comunidad de Rochester, Nueva York, me recibieron en Estados Unidos. Estoy muy agradecido también por la educación que he recibido, en especial en Monroe Community College.

Agradezco inmensamente a las personas que me ayudaron con el proyecto, Water for Sudan, Inc. Las escuelas, iglesias, organizaciones cívicas y personas de todo el país. Un especial agradecimiento para la Junta Directiva de Water for Sudan, y para los Clubes Rotarios que han trabajado a mi lado. Mi sueño de ayudar a las personas a volver a sus hogares en Sudán está comenzando a hacerse realidad.

He superado todas las situaciones difíciles de mi vida gracias a la esperanza y a la perseverancia. Sin ellas, no lo habría logrado. A los jóvenes quisiera decirles: mantengan la calma cuando las cosas se ponen difíciles o cuando estén atravesando un mal momento. Lo superarán si perseveran en lugar de rendirse. Si nos rendimos, tendremos mucha menos felicidad que si perseveramos y mantenemos viva la esperanza.

*Salva Dut*
*Rochester, Nueva York*
*2010*

Algunos de los detalles de esta historia han sido novelados, pero los principales hechos están basados en las propias experiencias de Salva Dut. Leí sus escritos y lo entrevisté durante muchas horas. También leí otros libros y relatos por y sobre los Niños Perdidos. Para la parte de la historia de Nya, tuve la oportunidad de entrevistar a viajeros que presenciaron la perforación de los pozos en aldeas como la de Nya. También tuve acceso a sus notas, filmaciones y fotografías.

El conflicto que se narra en este libro, conocido como la Segunda Guerra Civil de Sudán, comenzó en 1983. Participaron muchas facciones, y hubo numerosos cambios de liderazgo a lo largo de la guerra, pero, en esencia, los bandos opuestos eran el gobierno en manos de musulmanes al norte de Sudán y la coalición de no musulmanes al sur. Además de la religión, la crisis económica fue un factor importante, ya que las reservas de petróleo están ubicadas en la región del sur.

Millones de personas fueron asesinadas, encarceladas, torturadas, secuestradas o esclavizadas. Otros millones de personas fueron desplazadas de manera definitiva, sin ninguna posibilidad de regresar a sus hogares. Entre los desplazados hubo miles de los llamados Niños Perdidos, como Salva, que caminaron desesperados a través del sur de Sudán, Etiopía y Kenia en busca de un refugio seguro.

Muchos de los Niños Perdidos que lograron regresar a sus hogares luego de la guerra se enfrentaron con el hecho de que sus familias habían desaparecido. Otros languidecían en campamentos de refugiados como los campamentos en los que vivió Salva. Algunos lograron por fin reunirse con sus seres queridos, en muchos casos, luego de décadas de separación.

En el año 2005, más de veinte años después del inicio de la guerra, se firmó un acuerdo de paz entre el norte y el sur. Al sur se le concedió autonomía, la capacidad de gobernarse a sí mismo, durante seis años. En el año 2011, los ciudadanos del sur de Sudán, mediante el voto, decidieron separarse del norte, y Sudán del Sur se convirtió en la nación más joven del mundo.

Luego de dos años de frágil paz, una lucha por el poder provocó un estallido de la violencia en Yuba, la capital de Sudán del Sur, en diciembre de 2013. En el momento en que se escribe este texto, Sudán del Sur está nuevamente en guerra, esta vez entre facciones que corresponden, a grandes rasgos, a los dos grupos étnicos más grandes del país: los dinka y los nuer. Se han negociado varios ceses de hostilidades, pero todos han sido quebrantados. Nuevamente, millones de civiles han debido abandonar sus hogares para escapar de la guerra, la mayoría huyendo hacia campamentos de refugiados en países vecinos, con una gran cantidad de personas al borde de la hambruna.

Salva se ha reunido con su familia en Sudán del Sur varias veces luego de los hechos narrados en el libro; incluso hubo una reunión emocionante con sus primos, los hijos del tío Jewiir. Algo sorprendente ocurrió: siete de los Niños Perdidos que caminaron con Salva desde Etiopía hasta Kenia se reunieron con él de nuevo cuando fueron reubicados cerca de Rochester, Nueva York. Luego de residir en EE. UU. durante quince años, en el año 2011, Salva se mudó nuevamente a Sudán del Sur.

Water for South Sudan (Agua para Sudán del Sur, o WFSS), la organización sin fines de lucro de Salva, perforó el primer pozo en Loun-Ariik, su aldea natal, en 2005. Desde entonces, WFSS ha instalado más de 400 pozos en las comunidades dinka y nuer. A pesar del actual conflicto, los equipos de WFSS continúan llevando agua limpia a los aldeanos de Sudán del Sur mediante trabajos en las áreas alejadas de las zonas de conflicto.

*Una larga travesía hasta el agua* se publicó en inglés en el año 2010. Desde entonces, para mi sorpresa y alegría, muchos lectores que han conocido la increíble historia de Salva Dut se han sentido inspirados para la acción. Maestros, bibliotecarios, directores de escuela, padres y, en especial, alumnos, han recaudado cientos de miles de dólares para Water for South Sudan.

La colecta más popular es una caminata para buscar agua. En algunas escuelas organizan caminatas en las que los alumnos lleven pesados recipientes con agua, mientras caminan, tal como lo hace Nya en el libro. Una "fuente de los deseos" en la recepción de la escuela o en la cafetería para recibir pequeñas donaciones; un patrocinio de gotas de agua hechas de papel y exhibidas sobre las paredes; iniciativas individuales de alumnos que piden aportes en lugar de regalos de cumpleaños o regalos de Bar Mitzvá o Bat Mitzvá... Son solo algunas de las muchas estrategias creativas y efectivas para recaudar fondos sobre las que he escuchado.

Gracias a esas iniciativas, se han perforado cientos de pozos de agua, y en sus plataformas de concreto se encuentran grabados los nombres de las escuelas cuyas donaciones posibilitaron su construcción. Día a día, el gran trabajo de estos jóvenes lectores está, literalmente, salvando vidas humanas.

Si desea unirse a esta iniciativa para salvar vidas, visite el sitio web waterforsouthsudan.org. Allí encontrará informes actualizados sobre el trabajo de Salva, una gran cantidad de fotos y videos e información sobre las campañas actuales, además de otras ideas para la recaudación de fondos.

Conocí a Salva en el año 2004, a través de mi esposo, Ben Dobbin, que es periodista. En 2008 y 2015, Ben viajó a Sudán del Sur para ver el trabajo de Salva con sus propios ojos. Agradezco a Ben por haberme ayudado respondiendo mis infinitas preguntas. Sin él, esta historia no se podría haber escrito.

Mi familia y yo nos sentimos muy afortunados de tener a Salva como amigo. Ha sido un verdadero honor para mí escribir este libro con él, y compartir su historia con lectores de todo el mundo.

Linda Sue Park

Rochester, Nueva York, enero de 2020

## Agradecimientos

Mi profundo agradecimiento a:

Chris y Louise Moore y sus hijos,

la familia estadounidense de Salva;

John Turner, Nancy Frank

y los demás miembros de la junta de

Water for South Sudan;

Jeffrey Mead por la oportunidad

de ver fotos y videos;

y Linda Wright y Sue Kassirer

de Breakfast Serials, Inc.

Ginger Knowlton, David Barbor

y a todas las personas de Curtis Brown Ltd.

Por último, a Dinah Stevenson,

por el empujón gentil y firme,

y siempre en la dirección correcta.

**LINDA SUE PARK** basó esta historia en gran parte en las experiencias de la infancia de Salva Dut, quien nació en Sudán y desde 2011 nuevamente reside en el Sur de Sudán.

Ganadora de la Medalla Newbery por A *Single Shard*, Linda Sue Park ha escrito libros de texto con ilustraciones y poesía, además de ficción histórica y contemporánea para lectores jóvenes. Se desempeñó como periodista, redactora y profesora de inglés como segunda lengua, y actualmente se dedica exclusivamente a la escritura. Linda y su esposo periodista residen en Rochester, Nueva York, y tienen dos hijos adultos.

Viste su sitio web en lindasuepark.com.